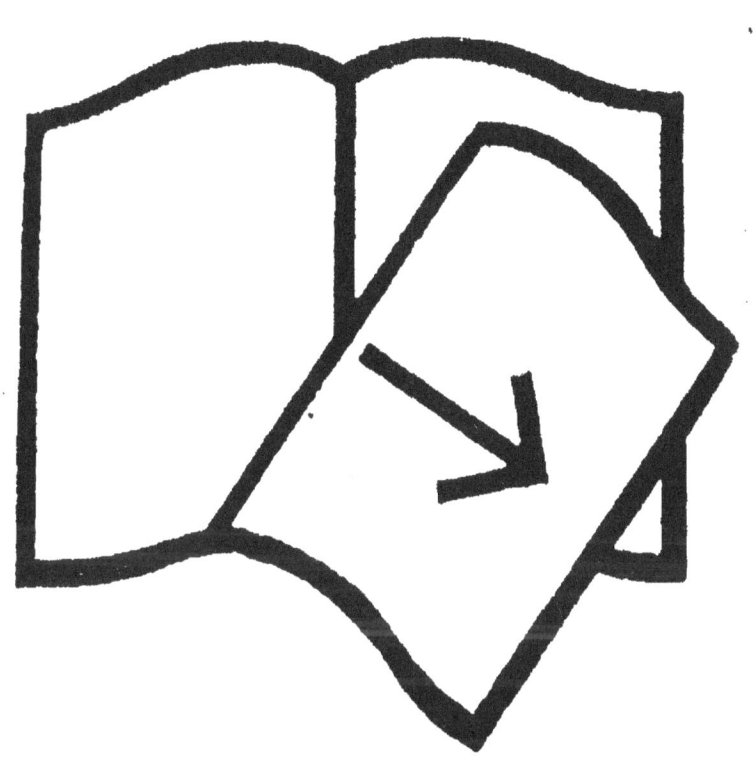

Couvertures supérieure et inférieure
manquantes

BIBLIOTHÈQUE MORALE

—

In-8° Quatrième Série.

—

Tout exemplaire qui ̃ne sera pas revêtu de ma griffe sera réputé contrefait et poursuivi conformément aux lois.

Ch. Barbou

A TRAVERS LE NOUVEAU MONDE

A TRAVERS

LE NOUVEAU MONDE

PAR

BÉNÉDICT-HENRY RÉVOIL

LIMOGES

ANCIENNE MAISON BABBOU FRÈRES

CHARLES BARBOU, IMPRIMEUR-ÉDITEUR

Avenue du Crucifix

A TRAVERS

LE NOUVEAU MONDE

SUR

LA GRAND'ROUTE DE SANTA-FE

Un très petit nombre d'Européens peuvent se flatter d'avoir parcouru la route qui conduit des Etats-Unis au cœur du Grand-Ouest.

Le premier homme civilisé qui franchit ce désert — trente cinq années après l'arrivée de Christophe Colomb sur le nouveau continent — se nommait Alva Nunez Cabeza de Vaca, et il mit neuf ans pour se rendre de la Floride — son point de départ — à travers le nouveau Mexique, jusqu'au pays des Incas. Il arriva donc au Mexique en 1580, c'est-à-dire dix-huit ans après le débarquement des pèlerins anglais partis par le *May Flower*, sur les rives du Massachussets.

Les Espagnols avaient entendu parler des « sept cités de Cibola », et ils voulurent conquérir ce pays renommé. En 1539, un chef de l'Andalousie nommé Niza s'empara de Cibola, au nom de son maître et souverain. Il est donc certain que Santa-Fé a été fondée trois siècles avant Leadville.

D'après les documents conservés dans cette dernière ville, les Français avaient déjà trouvé le moyen, au commencement du siècle, de se frayer un passage à travers les déserts, jusqu'au rio Grande.

En 1804, un marchand de Koskaskia, nommé Morrisson, ayant été informé par quelques trappeurs de la vie plantureuse et extraconfortable que menaient les Espagnols au pays situé par delà le désert, dépêcha à ses frais un homme sur lequel il comptait, nommé la Lande, originaire d'une famille française du Canada, afin de savoir ce qu'il en était réellement. Or cet homme, soit qu'il eût été séduit par l'existence des gens chez qui il arriva, soit pour tout autre motif, oublia complétement la mission qu'il devait remplir et ne revint jamais auprès de celui dont il était le mandataire. L'histoire raconte même que le sieur la Lande, à qui Morrisson avait remis une somme d'argent importante, préféra garder tout plutôt que de rendre quelque chose.

Quatre autres explorateurs partis en 1812, emportant avec eux des marchandises furent faits prisonniers, se virent ruinés et ne purent qu'en 1821 rejoindre leurs pénates aux États-Unis.

La première caravane sérieuse sur ce chemin qui mesure huit cents milles de long, et où nul n'a encore songé à macadamiser la route, à élever des ponts et à endiguer les torrents, partit en 1822 des bords du Missouri. Les voyageurs s'avançaient à dos de mulets ou montés sur des chevaux. Ce ne fut qu'en 1824 que l'on employa les wagons, c'est-à-dire les chariots

I.

de transport, lesquels ne parvinrent qu'avec
de très grandes difficultés à Santa-Fé. Mais, à
dater de ce jour-là, on peut dire que le trafic
commercial fut inauguré dans la capitale du
nouveau Mexique. La première étape de ce
grand voyage était Franklin. De là on se rendait à Indépendance, puis à Westport situé sur
le Missouri et ensuite à travers la Prairie jusqu'à Santa-Fé. Partout, dans ce trajet lointain,
on se trouvait en contact avec des aventuriers
plus ou moins honnêtes et quelquefois avec
de véritables coquins qui attendaient le voyageur vers le coin du bois, pour le dévaliser,
plutôt que pour lui indiquer la voie qu'il devait
suivre.

Les chariots des voyageurs négociants étaient
traînés d'ordinaire par des chevaux, des mulets
et des bœufs. On emportait bien quelques
provisions, mais généralement les pionniers se
fiaient à la justesse de leurs « rifles » pour jeter
à terre des buffles, alors en très grandes bandes
sur les routes, des cerfs, des poules d'Inde et
des faisans des bois. La pêche subvenait encore

à ces repas aiguisés par l'appétit. On arrivait ainsi à Conneil-Grove, bâti sur un des bras du fleuve, puis de là à Neosko, à vingt milles au bord de Emporia. Ces convois de marchandises se composaient d'habitude de cent chariots environ, et la caravane obéissait à un chef sous les ordres duquel se trouvaient placés quatre lieutenants. Le soir, quand on parvenait au lieu de campement, et qu'on avait placé en rond tous ces chariots afin de se coucher dans le milieu de ce cercle, les sentinelles se rendaient à leur poste, et on les relevait toutes les deux heures, à cette fin d'éviter les surprises. Le jour venu l'on reprenait sa route à travers monts, vallées et marécages. Ces grands convois étaient toujours précédés d'éclaireurs chargés d'inspecter le chemin, d'indiquer le danger, d'ouvrir les passages, de construire au besoin des radeaux pour servir de bac quand il y avait quelque courant d'eau à traverser.

De la vallée de l'Arkansas, point de départ, jusqu'au Cimmaron Crossing, on comptait cent vingt milles ensuite jusqu'au Colorado Stell Line, et l'on marchait, l'on roulait, l'on chevauchait au milieu d'un désert de plus de cinquante milles encore jusqu'au point où s'élève de nos jours Fort-Union.

Il arrivait bien, trois ou quatre fois sur vingt, que les Indiens essayaient de surprendre ces envahisseurs de leur territoire, mais ils étaient toujours repoussés, et l'on a calculé que, dans l'espace de vingt années, on avait seulement perdu douze personnes dont plusieurs même étaient mortes de maladie.

Lorsque. la caravane arrivait à un ou deux milles de Santa-Fé, le chef faisait prévenir le *gov*, c'est-à dire le gouverneur de la ville, afin qu'on permit à lui et aux siens l'entrée de la cité, et qu'on vînt à sa rencontre et à son aide, afin de pouvoir achever le voyage.

. Une ou deux heures après cette halte préliminaire, la population entière — ou peu s'en faut — sortait de la ville en poussant des cris : *Los Americanos! Los carros ! La Estrada de la caravana!* Les chevaux hennissaient, les habitants de Santa-Fé offraient la bienvenue aux voyageurs, les uns en les accompagnant, les autres saluant de la porte de leur maison. Il y avait bien, par ci par là, quelque *leperos* cherchant à butiner sans être pris, mais on se tenait sur ses gardes, et quand on était arrivé sur la place royale, l'on se mettait en rang de façon à établir une sorte de foire où les gens du pays et des environs accouraient pour acheter des cotonnades, du velours, des calicots et toute sorte d'objets de quincaillerie.

Les marchands faisaient d'énormes profits et un grand nombre, après une ou deux excursions des États-Unis à Santa-Fé, pouvaient dire : J'ai fait ma fortune.

En 1843, les Mexicains firent un semblant d'opposition à ces incursions des Yankees sur leur territoire, mais des négociations suivies rétablirent bientôt la bonne harmonie. On avait bien assassiné le gouverneur mexicain don Antonin Chavez, mais baste ! la mort d'un homme ne tire pas à conséquence aux États-Unis : on passa l'éponge sur ce meurtre en 1848 en s'emparant de Santa-Fé.

Deux années plus tard, un membre pour le congrès se présentait dans cette ville à l'élection, et il se rendit à Washington afin de représenter le pays.

La route de Santa-Fé était ouverte et le chemin désormais bien tracé. L'on raconte qu'un jeune Canadien partit un matin de Santa-Fé pour se rendre à Indépendance et qu'il accomplit ce voyage en cinq jours et seize heures dans un petit wagon (lisez « break » de voyage, cabriolet) parcourant ainsi 150 verstes sans débrider autrement que pour faire manger son cheval et lui donner un repos de deux ou trois heures.

En 1850, les Apaches et les Utahs réunis attaquèrent un caravane qui, malgré sa défense héroïque fut entièrement massacrée. Il y avait dans le nombre des voyageurs un M. White, sa femme et leur enfant, qui se battirent en désespérés. Le mari fut assassiné, tandis que la mère et l'enfant étaient faits prisonniers. Poursuivis par Kit Carson et une poignée de dragons américains, les Peaux-Rouges mirent à mort leurs captifs.

Le fort Leavenworth, qui s'élève sur les rives du Missouri entre Kansas City et Atchinson, date de 1827. Il était, à cette époque, le point extrême de la civilisation américaine, mais de nos jours il ne sert plus à protéger la frontière — bien reculée actuellement — contre les incursions des Indiens.

Vingt ans plus tard — en 1847 — Kearney se rendit en Californie, tandis que Doniphan traversait le nouveau et le vieux Mexique, se battait à diverses reprises, s'emparait de Chihuahua et allait rejoindre l'armée américaine avant de rentrer à la Nouvelle-Orléans. Tandis que les Yankees battaient Santa-Anna, les aventuriers du Nord s'efforçaient de réduire les Peaux-Rouges.

C'est en 1879 que l'on a inauguré les trois routes aboutissant à San-Francisco, à Santa-Fé, à Saint-Louis et à Chicago. L'*Union Dépôt* est un coin important de ces routes : il s'élève sur les rives de la rivière Kom, ou Kansas : on parvint de là à Topaka, sur la route de Lawrence, ville assez importante bâtie en briques sur une hauteur.

Tout le long de cette voie importante on rencontre de magnifiques fermes, des hameaux ornés d'églises, d'écoles, de banques et peuplés par des Américains, des Écossais, des Allemands, des Maronites, des Russes : c'est une agglomération de tous les peuples du monde. Quant aux Indiens, ils ont disparu. Est-ce a dire qu'il n'y en a plus sur le sol de l'Amérique du Nord ? Non pas, mais ils sont relégués, à cette heure, vers les limites du Mexique d'un côté ou de l'autre au dessus du pays du Mormon.

De 1830 à 1840, les Cheyennes attaquaient les passagers de la route de Santa-Fé, mais depuis lors ce sont des voleurs visages pâles qui les ont remplacés dans ce rôle de « gentilshommes de grandes routes. »

Ces nouveaux *desperados* ont avantageusement remplacé les pillards et les meurtriers à la peau couleur de brique. Les Mexicains eux-mêmes n'avaient pas cette habileté, cette désinvolture théâtrale des Jean Sbogars Yankees.

Voici un récit des plus exacts de l'arrestation

d'un convoi opérée le 10 janvier 1879 par une troupe de coquins, le visage couvert de masques, embusqués à vingt-cinq milles de Santa-Fé.

Tous les hommes faisant partie de la caravane avaient été forcés de s'asseoir sur un tronc d'arbre abattu, étalé le long de la route, et tandis que l'un des *desperados* vidait leurs poches scrupuleusement, quelques autres tenaient sur eux les revolvers braqués, prêts à faire feu sur le premier qui aurait eu la volonté de se défendre. Seule, une vieille femme s'était assise vis-à-vis ses compagnons, atterrée, dévalisée, mais considérée par les bandits comme indigne d'être prise à considération. Lorsque la spoliation complète eut été accomplie, les hommes du convoi reçurent l'ordre de se remettre en route et de ne pas broncher. Du reste qu'auraient-ils pu faire ? on leur avait enlevé leurs armes et leurs munitions. Lorsqu'ils parvinrent à la première station, il était trop tard pour se mettre à la poursuite des voleurs qui étaient rentrés dans leurs retraites.

La route dont nous expliquons la direction dans cet article passe par Campos Supply, Fort Ellias; elle longe, vers le sud, le Canadian River, placé dans la « queue de la poêle » du Texas. Voici ensuite Fort Dodge dont la garnison brûle du désir de se mesurer avec les Indiens ; Lakin, le Colorado, Las Animas, Fort Lyon, sis près de l'entrée du Purgatoire, dans l'Arkansas.

Rien n'est plus curieux qu'un voyage semblable, quand on n'a peur ni des Indiens ni des voleurs. Un voyageur nous a raconté avoir parcouru cette route, et il nous disait qu'un soir, par un beau clair de lune, il avait assisté à un bal improvisé dans une clairière où l'on s'était arrêté. Les femmes des pionniers se livraient à la danse avec autant d'entrain que si elles eussent été à Paris, à Londres ou à New-York dans une réception officielle. Le lendemain on alla visiter les ruines du fort Benton, qui mesurait 180 de longueur sur 135 de largeur.

Cette « défense » américaine a été érigée en

1847, à l'époque où les États-Unis envoyèrent leurs soldats au Mexique, sous les ordres des généraux Scott et Taylor.

Le long de cette voie américaine, on trouve ensuite la Hoonta (*la Junte*), confluent du Timpas à l'Arkansas, coulant dans un pays désert. A l'horizon voici le Spanish Peak, la cime neigeuse de Sangue di Cristo, qui s'élève à 80 milles de Trinitad.

Ce village aux constructions de pisal qui sont toutes consacrées à la vente du mescal, sauf l'hôtel des États-Unis — quel hôtel ! — le National Bank, est bordé par le chemin de fer qui longe les rives du Purgatoire. Plus loin on trouve Fishers Peak, à l'est ; les montagnes Raton au sud, vers la courbe de la voie ferrée, et enfin le *Toll-road* — chemin du péage — appartenant à un nommé Uncle Dick Wooten, à qui chaque passant doit verser une rétribution plus ou moins forte, suivant l'importance de son transport. On parvient ainsi à Devils Gate et l'on soupe à Otero. Quant au coucher, il n'y faut pas songer : aussi va-t-on se reposer dans le bagage-train, comme on peut, en s'arrangeant chacun à sa guise.

Le lendemain matin l'on reprend son chemin à travers la vallée et aussi loin que la vue peut s'étendre, on aperçoit des troupeaux de moutons appartenant au richissime fermier Maxwell Grant, qui possède un territoire évalué à un million sept cents acres.

La route passe à Watson — près de Fort Union — et se dirige vers le sud, pour arriver au terminus qui est *Las Vegas — les Prairies* — dont la nouvelle ville contient des cafés, des salons de jeu, etc., et la vieille cité, les maisons à la mode du temps de Karney, la vieille église au clocher surmonté d'une croix. On trouve même dans cette ville ancienne un grand édifice à quatre étages, construit par un Mexicain qui avait pris son inspiration architecturale à Boston ou à New-York.

Lorsqu'on a suffisamment joui du repos à *Las Vegas*, on s'introduit dans la diligence qui se rend à Southern Overland Company. Il faut faire un grand détour pour se rendre de Las

Vegas à Santa-Fé, et l'on traverse une forêt de cèdres et de pins à pignons. La poste aux chevaux se trouve à Tecolelo et, à un mille et demi de cet endroit on parvient à un point de la route où il faut mettre pied à terre et gravir une montée presque à pic qui rappelle celle du Mauch-Chunk. On a signalé maintes fois des arrestations dans ces parages.

La diligence continue sa rotation de Pecos à San-José, et les voyageurs vont dîner à Pajarito. Le soir on change de chevaux à Rock Corral et l'on arrive enfin à la *fonda* (l'auberge) de Santa-Fé.

En cet endroit de l'Amérique, l'air est pur et vif, aussi les voyageurs ont-ils gagné un appétit féroce qui exige un repas plantureux. Du reste la réception des hôteliers est toute cordiale : les marmitons eux-mêmes se sont placés sur le pas de la porte afin de souhaiter la bienvenue aux nouveaux arrivés. Mais tout cet enthousiasme est porté sur la carte, le lendemain matin.

La route d'Attebiason à Topeka et à Santa-Fé

est tout à fait terminée. De cette ville , elle va se diriger vers la vallée du rio Grande, afin de rejoindre le Pacific Railway, et ces travaux seront terminés d'ici à un ou deux ans. C'est donc un grand acheminement vers le sillonnement des ponts et chaussées des États-Unis.

Le commerce a aussi grandement gagné à tous ces embellissements du pays, car autrefois un marchand payait 1 fr. 60 par livre pour fret, et de nos jours cette taxe est seulement de 15 à 25 centimes. Cette réduction n'a pas besoin de commentaires.

En somme ces Yankees ont le diable au corps, et l'on peut dire avec eux : Où le père a passé passera bien l'enfant.

RONGÉ

PAR LES ARAIGNÉES DE MER

Notre caravane de chasseurs s'était éloignée de l'habitation de la Sultane, entourée de la plus belle plantation de girofliers qui existe à la Guyane française. Nous cheminions depuis deux heures, après avoir fait de nombreuses haltes, soit pour nous rafraîchir, soit pour contempler le paysage réellement très pittoresque. Nous suivions une route très boisée d'un côté et bordée de l'autre par de vastes marécages qui s'étendaient au loin jusqu'au bord de la mer. Le temps était fort calme, et les herbes desséchées par le soleil n'étaient pas même agitées par une brise légère. On eût dit un linceul de toile bise jeté sur une immense étendue de terrain.

C'est sans doute à cause de cette ressemblance que les Espagnols ont donné aux plaines de l'Amérique du sud le nom de savane (*sabana*) qui veut dire « drap de lit ». Ces plaines « sabaniques » sont le refuge des caïmans, des boas et d'énormes crabes poilus que les habitants appellent des araignées.

La forêt vierge que nous longions était réellement splendide ; des lianes de toute espèce, des passiflores aux fleurs bleues pendaient deçà et delà en guirlandes élégantes ; de temps à autre le terrain était coupé par un ravin profond, dans lequel courait un ruisseau aux ondes claires et limpides. Plus loin les cris d'un agami rappelaient une couvée éparse, ou les piaulements des aras et des kakatoès se mêlaient à ces appels gutturaux.

Un des chasseurs qui faisait partie de notre petite escouade, s'adressant au maître de la Sultane, le remercia de l'avoir accompagné jusque-là.

— Vous vous êtes écarté de votre chemin, mon cher Ludovic, disait-il à notre hôte; permettez-moi de vous faire mes adieux, j'approche du but de mon voyage; je n'entends pas que vous alliez plus loin; j'ai trop abusé de votre amitié, adieu ! au revoir ! Voici le sentier qui aboutit à la route sur laquelle est bâtie mon habitation, je le connais.

— Je ne veux pas que vous partiez seul, mon aimable et féal Charles: un de mes nègres va vous accompagner jusqu'à la Delphine.

— C'est inutile: ne vous privez pas d'un de vos hommes.

— Mais il portera votre carnier.

— Il est vide, et même fût-il plein, qu'il ne pèserait pas sur les épaules d'un chasseur. D'ailleurs, j'ai mes chiens avec moi qui me serviront de défense au besoin.

— Allons, fit notre créole, puisque vous le

voulez, je n'insiste plus. Toutes mes amitiés et celles de ma femme à Mme Delpech. Nous irons bientôt vous rendre visite.

— Au revoir !

Les deux amis se serrèrent la main, et tandis que le maître de la Delphine se frayait une route à travers le fourré, mes amis et moi nous rebroussions chemin et nous suivions un sentier dans une direction opposée, de manière à retourner à la Sultane, en chassant sous bois.

Cependant notre hôte nous parut inquiet et nous le vîmes parler à un de ses esclaves qui faisant un signe d'assentiment aux ordres qu'il recevait, disparut au milieu des lianes. C'est de lui que nous avons appris le récit qui va suivre.

M. Delpech, se voyant seul avec les deux chiens qui lui servaient de compagnons de chasse, s'en allait en sifflottant, lorsque tout à coup une gazelle du pays — un kariakou — bondit à quelques mètres en avant.

— Tayaut ! Tayaut ! s'écria-t-il, en excitant

ses chiens à poursuivre ce léger animal, et en s'élançant lui-même à sa poursuite, afin de gagner les devants.

L'esclave du maître de la Sultane était arrivé à peu de distance de l'endroit où avait eu lieu cette conversation. Il chercha à retrouver le chasseur et le vit enfin au loin, dans un bas-fond à cinq portées de fusil de l'habitation appelée la Delphine.

— Mouché est chez lui, se dit le moricaud ; moi pouvoir retourner à la Sultane : et il fit volte-face, ne songeant plus à celui qu'il avait ordre d'accompagner jusqu'au seuil de sa demeure, sans cependant avoir l'air de le suivre.

A peine eut-il disparu que M. Delpech s'arrêta et prêta l'oreille pour entendre ses chiens qui aboyaient au loin. Tout à coup le silence se fit : il appela Minos et Faro, mais ni l'un ni l'autre ne répondirent. Puis il avança dans un sentier qu'il croyait devoir aboutir au chemin sur le bord duquel était bâtie la Delphine ;

mais le malheureux tournait le dos à son habitation.

Il commença alors à comprendre l'imprudence qu'il avait commise. Le soleil descendait à l'horizon.

— Comment, se disait-il, pourrai-je me reconnaître dans ce fourré, enchevêtré de lianes et de roseaux ?

A chaque pas il se heurtait à des troncs d'arbres pourris ou renversés par l'orage.

— Je crains bien, murmurait-il de ne pas coucher ce soir chez moi !

Il voulut retourner sur ses pas ; mais plus il remuait, plus il se trouvait en désarroi, aveuglé par les ronces, perdu sous le hallier.

— Il faudra me résoudre à coucher à la belle étoile, fit-il ; j'ai eu bien tort de refuser l'offre de mon ami Ludovic.

Tout en parlant ainsi, M. Delpech se mit à chercher l'endroit le plus favorable où il pourrait passer la nuit. Il aperçut un vieil arbre creux dans lequel quelques plantes pendantes avaient poussé comme par enchantement et

Il se hâta de les arracher pour prendre leur place.

— Songeons à souper, ajouta-t-il *in petto*; mais, hélas! je n'ai pas voulu accepter l'agouti que m'offrait mon ami Ludovic : j'ai eu tort, comme pour le reste.

Au moment où il se disait tout cela, un kakaotès à huppe rose vint s'abattre sur une des branches d'un latanier. Un rapide coup de feu fit dégringoler l'oiseau jusqu'aux pieds du chasseur égaré.

— Allons! je ne mourrai pas de faim, s'écria M. Delpech, qui se mit à plumer le beau kakaotès, comme il l'eût fait d'une caille ou d'une perdrix.

Quand cette opération fut terminée, le planteur en détresse chercha à allumer du feu; il y parvint bientôt, et, à la lueur des brindilles de bois qui flambaient, il fit ample provision de branches mortes pour alimenter ce foyer, de façon à ce qu'il brûlât toute la nuit.

L'ombre s'était faite tout à coup, car, sous les tropiques, on passe instantanément de la

clarté aux ténèbres. Il sembla alors à M. Delpech que la forêt se remplissait de bruits étran-
ges. Chaque buisson, chaque tronc d'arbre
devait cacher un jaguar, un serpent, un coyote,
qui rugissaient en cherchant quelque chose à
dévorer.

Pendant que tout ceci se passait dans l'imagination de M. Delpech, il avait fait rôtir son
kakaotès à la pointe d'une gaule, au dessus du
brasier, et il mangea tant bien que mal, de
façon à ne pas avoir l'estomac creux.

Tout à coup — ce n'était plus une illusion —
il entendit des hurlements à une très petite
distance. C'était un puma qui avait flairé une
proie humaine, et se demandait s'il fallait l'attaquer. M. Delpech crut devoir décharger son
fusil au juger : blessa-t-il ou manqua-t-il le
carnassier? Nul ne peut le dire : ce qu'il y a
de certain, c'est qu'il mit la bête en fuite.

Une heure après, — le foyer étant bien garni
de broussailles, — M. Delpech, plaçant son
fusil entre ses jambes et son coutelas à la por-

tée de sa main, crut pouvoir fermer les yeux en se recommandant à la Providence.

Quand le jour parut, le pauvre égaré se réveilla harassé, courbaturé, le visage et les mains boursouflés par la morsure des moustiques. Mais il avait bon courage ; il renouvela les cartouches de son fusil, et, s'orientant le mieux qu'il le put, reprit sa route à travers bois.

— Je ne tarderai pas à rencontrer les savanes noyées qui bordent la mer, et, une fois là, je retrouverai la route qui aboutit à la Delphine.

Il se mit donc bravement en marche ; mais il n'est pas toujours aussi facile qu'on le pense de suivre une ligne droite, quand on ne peut pas voir en même temps le point d'où l'on part et celui où l'on va, surtout quand on rencontre à chaque pas de nouveaux obstacles imprévus : une masse de rochers, un fourré impénétrable et des ruisseaux à franchir.

M. Delpech, bientôt perdu dans sa direction première, errait au hasard, faisant mille détours, et quand midi eut sonné, il éprouva les angoisses de la faim.

Par malheur, les perroquets, les autres oiseaux de la forêt vierge dormaient sous les branches ; il aperçut cependant tout à coup, au détour d'un étroit sentier, un agouti qui fuyait, et lui décocha deux coups de fusil sans l'atteindre.

Au moment où il voulait recharger son arme, quelle ne fut pas sa consternation quand il chercha sa poche de chasse, dans laquelle ses cartouches étaient conservées. Elle avait été accrochée par quelque liane dans un passage difficile, et était restée appendue aux ronces, sans que M. Delpech s'en fût aperçu.

— Je suis perdu, se dit le malheureux. Comment pourrai-je me défendre et pourvoir à ma nourriture ?·

Il s'abandonnait à ces tristes réflexions, quand il lui sembla voir quelque chose remuer dans les herbes. Était-ce un animal nuisible? Il s'avança avec précaution, et découvrit une tortue. C'était une trouvaille providentielle : il

lui restait trois allumettes, dont l'une lui servit
à préparer un feu sur lequel il fit cuire la
chélonée dans sa carapace.

.   .   .   .

Huit jours après les aventures qui précèdent,
M. Delpech n'avait pas reparu à la Delphine.
Sa femme éplorée avait envoyé un messager
à la plantation de son ami M. Ludovic, et
celui-ci n'avait pas trouvé son maître à la
Sultane.

Un malheur était à pressentir : on organisa
aussitôt une troupe nombreuse composée des
maîtres et de leurs esclaves, afin de chercher
le pauvre égaré.

Trois jours durant, tout le monde fouilla le
bois sans rien trouver. On n'avait pas laissé un
coin de la fôret vierge inexploré : un des do-
mestiques de M. Ludovic découvrit le premier
foyer qui avait été allumé par M. Delpech; de
cet amas de cendres et de charbons éteints, on
suivit les traces, et l'on arriva à la seconde
station du chasseur.

2.

Un peu avant, un planteur qui longeait un sentier avait ramassé la poche remplie de cartouches du malheureux que l'on ne retrouvait plus.

Le quatrième jour, il fut décidé que l'on suivrait les méandres de la savane et que l'on sonderait le marécage sur les parties laissées à sec par les eaux de la mer.

Il était trois heures de l'après-midi quand Faro, le chien de M. Delpech, qui suivait la troupe, errant à l'aventure, se mit à aboyer autour d'un fourré de cannes d'où l'on vit sortir tout à coup d'énormes araignées de mer qui fuyaient de tous les côtés. Quelques-uns de ces crustacés mesuraient un mètre de longueur, pattes comprises, et leur corps était gros comme un énorme potiron. Un poil glabre couvrait leur carapace rougeâtre.

On entendit bientôt un chasseur pousser un cri d'horreur.

— Venez ! venez ! criait-il ! il est là, le pauvre ami, rongé par les araignées de mer.

C'était en effet l'infortuné M. Delpech à peine

reconnaissable: les habits couverts de fange et déchirés, le visage déchiqueté, les mains et les cuisses dévorées, son fusil vide gisait à quelques pas de son cadavre, et son coutelas était planté dans la boue.

Que lui était-il arrivé? qui pouvait dire par quelle suite de terribles aventures cet homme qu'on avait laissé joyeux, à quelques pas de sa demeure, avait été entraîné si loin et était mort si misérablement?

Chacun se perdait en conjectures : avait-il était assassiné par quelques coureurs des bois, ou par des Indiens de la forêt ?

On procéda tout d'abord au transport de ces restes informes, et dans l'une des poches du veston de M. Delpech on trouva un portefeuille contenant un cahier sur lequel le pauvre mort avait inscrit, avant de tomber de fatigue et de mourir de faim et de soif, les péripéties de sa fuite en pleine savane.

Tout ce que nous avons raconté se trouve détaillé à l'aide d'un crayon sur le vélin humide. M. Delpech après avoir marqué sa sortie s'était avancé vers le marécage et s'y était de nouveau perdu, comme cela lui était arrivé dans la forêt vierge.

Puis ne pouvant plus se mouvoir, il avait écrit d'une façon à peine lisible les mots suivants, sur son calepin: « Adieu! ma femme, mes enfants! je ne vous verrai plus. Je vais mourir... Adieu. »

Pauvre M. Delpech.

La Delphine est à l'heure qu'il est en possession d'autres maîtres. La pauvre veuve est morte de douleur et ses enfants ont quitté la Guyane dont le séjour était trop pénible pour eux.

L'ATTAQUE DU COURRIER

Avant l'exploitation du chemin de fer du Pacifique, qui traverse le grand désert américain, les sierras et les Montagnes Rocheuses, pour conduire les voyageurs à San-Francisco, ce n'était pas chose facile que de se rendre de si loin aux rives de la mer bordant les côtes californiennes d'un côté et le Japon de l'autre.

Les plus hardis se réunissaient en caravanes, et, montés sur des chevaux solides, emportant avec eux leurs provisions, leurs tentes, leurs

munitions, dans un ou deux chariots, se lan-
çaient à l'aventure, se guidant seulement par
la boussole pour diriger leur marche.

D'autres, plus douillets, ou bien désireux de
s'éviter bien des fatigues, cherchaient à trouver
une place dans le courrier qui partait de
Saint-Louis toutes les semaines et emportait
les lettres qu'il trouvait d'abord à la porte de la
ville, puis qu'il ramassait sur son chemin, en
distribuant celles qu'il avait à remettre en passant.

Ce « courrier » était une vieille chaise de
poste, qui avait dû servir pendant les guerres
de la fin du siècle dernier, et dont la forme
surannée rappelait le XVIIIᵉ siècle. Sa forme
rococo, son ventre énorme, la malle ou plutôt
le coffre attaché par derrière par des courroies,
et cadenassé, tout rappelait le véhicule que
la plupart de nos lecteurs ont vu fonctionner
et circuler sur le théâtre de la Gaîté, il y a
quelques années, dans ce drame émouvant que
l'on appelait *le Courrier de Lyon*. Sur le devant
de la voiture, un siège servant au conducteur,

homme d'énergie s'il en fut, qui conduisait les chevaux de relais, distribuait et recevait les paquets de lettres et qui, armé jusqu'aux dents, suivant l'expression vulgaire, était toujours prêt à se défendre contre les attaques des bandits qui peuplaient le Far-West! ou les Indiens rebelles, qui ne valaient pas mieux que ces *Outlaws*.

En 1871, un de ces courriers, nommé Watkins, partit un matin du mois de septembre, de Saint-Louis, emmenant avec lui deux voyageurs, le premier, nommé Silas, jeune homme de dix-huit ans, attaché à l'hydrographie du gouvernement, le second, qui s'appelait Thémistocle Marwyn, *attorney at law*, notaire qui, comme le disait autrefois Arnal dans un vaudeville très amusant, dont le titre nous échappe, *voyageait pour son agrément.*

La première partie du voyage fut très intéressante pour les deux camarades de route de Watkins, lequel se plaisait à raconter à ses *fellow companions* des faits personnels qui étaient survenus pendant ses divers voyages, qui leur nommait les sites pittoresques que l'on trouvait sur le parcours et qui, enfin, s'ingéniait à leur rendre les fatigues du voyage, les plus douces possibles.

Quand la nuit venait, les trois excursionnaires s'arrêtaient à certaines « *log cabins* » où étaient placés les relais : bien accueillis par les pionniers établis dans ces parages, qui leur offraient le meilleur repas possible. Et le lendemain, dès l'aube, ils remontaient dans leur voiture pour continuer leur route, qui leur offrait, à chaque pas, des étonnements nouveaux.

Le plus difficile de tous les incidents du voyage était celui de la traversée des courants d'eau. Si leur niveau était comme à l'ordinaire, dans l'état habituel, tout allait bien : Watkins connaissait les endroits où le lit de la rivière ou du fleuve était guéable, et le véhicule arrivait sans encombre sur l'autre bord. Mais si, par cette fatalité si fréquente dans le désert américain, la « creek » était gonflée par les pluies ou les orages terribles qui se répètent si souvent dans ces parages lointains, il fallait camper et attendre le bon vouloir du courant, qui disparaissait peu à peu, avec autant de rapidité qu'il était venu.

Certain soir, à l'entrée des passes, ou plutôt des canons des Montagnes Rocheuses, la malle-poste s'arrêta pour passer la nuit dans une habitation importante, habitée par une famille de courageux Irlandais, qui avaient trouvé un site des plus réussis et s'en étaient emparés, pour prospérer et y faire fortune. Tout souriait à leurs désirs, tout était à la hauteur de leur ambition ; il n'y avait qu'un point noir dans leur horizon : la présence d'une troupe d'Indiens Soshones, cruels et audacieux, incivilisables et se refusant à tout traité de paix avec ceux qu'ils appelaient les envahisseurs du territoire de leurs pères.

Leur chef Tarry-a-a, un colosse pour la taille, un ours grizzly pour la forme, avait particulièrement voué une haine impérissable au père de la famille Macpherson à qui, certain jour, il avait demandé tout simplement sa fille en mariage.

Il va sans dire que Pat et Noémi avaient refusé, l'un de sacrifier son enfant, l'autre d'unir sa destinée à un sauvage qui lui offrait pour tout avantage une vie nomade, une affection brutale et des mauvais traitements quand il aurait cessé d'aimer celle dont il ambitionnait la main.

Pat Macpherson, après ce refus formel, s'était vu obligé d'entourer sa ferme d'une fortification semblable à celle de nos Vaubans modernes : sauts de loup, chevaux de frise, palissades, contrescarpes, tout avait été employé par le père de famille et ses deux fils, afin de rendre leur demeure imprenable et pour repousser les attaques de leurs ennemis.

A l'un des angles de l'habitation, lequel dominait le paysage, ils avaient bâti une sorte de tourelle qui servait de guérite à un veilleur, de telle façon que la ferme de Culloden pouvait défier toutes les attaques des Soshones. Chaque homme du défrichement, à tour de rôle, passait la nuit dans cette casemate et, au moindre soupçon de danger, donnait l'alarme à ceux qui dormaient.

Deux nuits avant celle où Watkins et ses camarades de route vinrent s'arrêter à Culloden, Henri Macpherson, qui passait la nuit dans la guérite, avait aperçu à cent mètres de la maison, des corps qui rampaient par terre et se dirigeaient vers la ferme.

Après avoir bien examiné ce qui l'étonnait et l'effrayait à la fois, Henry se convainquit qu'il n'avait nullement devant les yeux un troupeau de loups, mais bien une vingtaine d'Indiens qui suivant leur habitude, s'avançaient à la façon des serpents, s'imaginant ainsi mieux arriver à leur fin.

—Ces affreux Peaux-Rouges ne me savaient pas là, ajouta le fils de Pat en achevant son récit à ses hôtes. Dès que j'ai compris que j'avais affaire à ces damnés, j'ai donné le signal d'alarme. Mon père, mes deux frères et mes trois sœurs sont accourus tous armés, et nous avons pris chacun notre poste, attendant le moment favorable pour agir. Dès que le chef des maudits Soshones a donné le signal de l'attaque, nous nous sommes levés et, bien abrités par nos remparts, nous avons fait feu en visant chacun un Indien. Naturellement ceux-ci ont riposté, mais nul de nous n'a été blessé, tandis que nous leur avons tué sept hommes. La bataille a duré de deux heures du matin à l'aube.

— Et j'ajouterai, fit le vieux Pat, que l'infernal Tarry-a-a m'a crié, de sa voie gutturale, en s'éloignant :

— Nous nous reverrons ! et plus tôt que tu ne le penses, vieux Pat.

— J'avoue continua le brave homme, que cette menace ne m'effraya point ; mais la présence de ce hardi coquin me chiffonne : elle interrompt les travaux de nos champs, car nous n'osons plus sortir de nos palissades à plus de deux ou trois portées de fusil. Je ne pense pas qu'il soit bien prudent à vous, maître Watkins, d'emmener ces deux étrangers sur votre route : mieux encore, il est imprudent de vous éloigner. Les Soshones pourraient vous attaquer, et, comme ils sont plus nombreux, faire un mauvais parti aux gentlemen et à vous-même.

— Ne craignez rien, mon ami, répliqua le courrier, ces deux gentlemen et moi nous avons de bonnes armes et des munitions suffisantes pour anéantir une tribu de Peaux-Rouges, quels qu'ils soient, Comanches ou Soshones.

Le lendemain, dès la pointe du jour, Watkins attela les chevaux à la malle-poste et, après avoir dit adieu à ses amis Macpherson, les trois voyageurs se remirent en route.

Il était sept heures du matin quand la voiture pénétra dans le canon de Pacific-Spring. La route cahotante était libre, et nulle part on n'apercevait la moindre trace des ennemis des blancs. Les murs de pierre, qui se dressaient des deux côtés comme des parois géantes, se terminaient abruptement à l'entrée d'une vallée dont les abords étaient défendus par une forêt de sapins et d'arbres verts.

Au moment où la malle débouchait au

milieu du bois, sept Indiens armés en guerre,
pourvus de tomahawks, de lances et de
haches, s'élancent, les uns à la tête des chevaux, les autres aux portières de la voiture
en poussant des cris terribles qui répondaient
à cette syllabe : Whooop, whooop, répétée sur
tous les tons.

— Mort ! tue ! n'en manquez pas un, s'écria
Watkins dès qu'il se vit ainsi entouré.

Et à coups de revolver il étendit par terre
le plus audacieux de ces coquins, qui roula
sur le sol dans les convulsions de l'agonie.
Watkins s'était emparé du sac des dépêches et
courait à pied en suivant les deux chevaux
dételés sur lesquels MM. Silas et Marwyn
étaient montés.

— Mort ! tue ! mort ! vociférait le courrier,
qui à chaque coup, étendait un Indien par
terre.

De leur côté, les deux voyageurs armés l'un
d'un sabre, l'autre d'un colt à double détente,
se démenaient comme deux diables, et leurs
coups étaient des coups de maître.

Des sept Peaux-Rouges Soshones, un seul restait debout qui poursuivait les trois compagnons et tenait pied au chevaux.

— Il faut encore nous débarrasser de celui-là, fit Silas en s'adressant à ses deux amis. Tant pis pour lui ! puisqu'il veut mourir il mourra.

Tout en parlant de la sorte le courageux hydrographe visa son ennemi au front et lui fit sauter la cervelle.

— *Hell ! and damnation !* eut encore le temps de s'écrier le moribond en se débattant par terre.

— Mais ! c'est un faux Indien ! s'écria Watkins ; je m'en étais douté. Le maudit n'a pas les pommettes des joues saillantes comme les autres. Voyez, ajouta-t-il, en posant sa main sur la figure du cadavre, il déteint. Ah ! je vois cè que c'est ; cet homme est un de ces malheureux mis au ban de la loi, qui, traqués, chassés de la société, se réfugient parmi les Peaux-Rouges qui les acceptent et les prennent souvent pour chefs.

— Vous avez raison mon cher courrier, fit M. Marwyn qui, après avoir fouillé le mort, retirait de l'une des poches de son vêtement un portefeuille dans lequel il trouva des papiers propres à prouver l'identité du bandit.

— En croirai-je mes yeux ? s'écria-t-il enfin. C'est Bill Moore, le célèbre meurtrier, condamné à être pendu par la dernière *court of session* de la Virginie. J'étais un des jurés et je le reconnais à cette heure.

— Laissez là cette charogne, répliqua Watkins. Il faut nous hâter de retourner à la ferme de Macpherson de crainte que le reste de la tribu des Soshones ne nous tombe sur les bras.

— Vous avez raison, mon cher Watkins. En route !

Quelques heures après, les voyageurs arrivaient à leur destination, au grand étonnement des fermiers qui ne comprenaient point ce retour inopiné.

Dès qu'on leur eut donné toutes les explications sur l'événement, Pat Macpherson s'écria :

— Savez-vous ce que je pense ? Le dernier

Peau-Rouge que vous avez mis à mort, c'est Tarry-a-al — J'en mettrais ma main au feu.

Le bon Irlandais ne s'était pas trompé. Le lendemain, lorsque les trois voyageurs revinrent avec les fermiers, sur le lieu de la scène terrible dont nous avons raconté les différents actes, ils retrouvèrent le cadavre, qui fut reconnu pour celui de l'homme qui avait voulu devenir le gendre de Macpherson.

Les Soshones, ayant perdu leur chef, s'étaient éloignés. On ne les revit plus dans ces parages.

La malle-poste était intacte, si bien qu'en rattachant les traits, Watkins put continuer sa route et emmener les deux voyageurs.

Trois jours après, les voyageurs arrivaient à San-Francisco.

3

PERDU DANS LA FORÊT VIERGE

Il faut avoir visité soi-même ces vastes amas de végétation luxuriante qui s'élèvent dans les contrées tropicales de l'Amérique du Sud, pour se faire une idée de ce que la nature peut produire de grandiose, de sublime, sous un climat torride et marécageux. Les forêts de cet éden végétal n'ont rien de pareil en Europe, et une forêt des tropiques est aussi peu ressemblante à une forêt d'Europe que l'est celle de Fontainebleau au parc Monceaux.

A la Guyane française, sur les bords du Marinon, petit ruisseau qui va se jeter dans l'Amazone, vivait, en 1867, un pauvre Français qui avait quitté l'Europe pour se rendre dans la

colonie et y exercer sa profession de menuisier.
Ses affaires n'ayant pas prospéré, il avait
obtenu une concession de terrain sur les rives
du Marinon et était allé s'y établir en compagnie de sa femme et de ses deux beaux-frères
qui l'aidaient dans son défrichement.

Un matin Claude Perron quitta sa cabane
et s'éloigna sa hache sur l'épaule. Il s'avança
vers le marécage où il avait si souvent abattu
des arbres pour y équarrir ces géants de la forêt
qui fournissent le bois le plus précieux pour
l'architecture navale.

Pendant la saison la plus propice à ce genre
de travail, d'épais brouillards couvrent fréquemment la contrée, de telle sorte qu'il est
difficile d'y voir à plus de trente à quarante
pas. De quelque côté que l'on se tourne, les
bois offrent d'ailleurs si peu de variété que
chaque arbre ressembl, à son voisin.

Quand le gazon n'a pas été brûlé, il monte si
haut qu'un homme d'une taille ordinaire ne
peut regarder qu'au dessus de sa tête.

Il est donc nécessaire de s'avancer avec une

grande précaution, de peur de s'écarter, sans le savoir, du sentier mal tracé que l'on suit. Sans compter que l'on rencontre, pour augmenter la difficulté, des passages qui se croisent, et alors, à moins d'être parfaitement familiarisé avec les lieux, le meilleur moyen à prendre est de s'arrêter et d'attendre que le brouillard soit dissipé.

Dans de pareilles circonstances, les pionniers les plus habiles sont exposés à perdre leur route pendant quelque temps, et je me souviens moi-même avoir failli m'égarer en poursuivant dans une forêt d'Amérique, un quadrupède blessé qui m'avait attiré loin des chemins battus.

Claude Perron avait marché pendant plusieurs heures, lorsqu'il commença à s'apercevoir qu'il devait se trouver beaucoup plus loin que l'endroit où il travaillait d'ordinaire. A son grand effroi, au moment où le brouillard s'évanouissait, il vit le soleil à la hauteur du méridien, et il lui fut impossible de reconnaître un seul objet autour de lui.

Jeune, vigoureux et actif, il s'imagina qu'il avait marché plus vite qu'à l'ordinaire et dépassé l'emplacement où il voulait se rendre sur le bord du Marinon. Il tourna donc le dos au soleil et s'engagea dans une autre direction. Il marcha ainsi trois ou quatre heures et vit peu à peu le soleil descendre à l'horizon ; mais, autour de lui tout restait comme enveloppé d'un voile de mystère. Des arbres séculaires entre-croisaient leurs vastes rameaux sur sa tête. L'herbe touffue s'épaississait de tous les côtés : pas un être vivant ne se présentait sur son passage ; c'est à peine si ce malheureux entendait, de temps à autre le frou-frou d'un serpent qui fuyait à son approche, ou d'un agouti qu'il avait fait lever de son gîte. C'était comme le spectacle d'un songe monotone et triste de la terre d'oubli. Il errait lui-même comme une âme solitaire qui avait franchi le pays des fantômes, sans rencontrer un être de son espèce avec lequel il aurait pu converser.

La situation d'un homme perdu dans les bois est une des plus cruelles que l'on puisse imaginer. Pour s'en faire une idée, il faut en avoir subi les tristes épisodes. C'est ce qui arriva à Claude Perron.

Le soleil se couchait avec cet aspect rougeâtre qui pronostique l'extrême chaleur du lendemain. Peu à peu ses rayons s'éteignant derrière l'horizon, il ne laissa plus dans le ciel qu'un grand disque de feu.

Des myriades d'insectes remplirent aussitôt l'espace de leurs ailes bruissantes. Les énormes grenouilles du Marinon sortaient de l'eau fangeuse où elles s'étaient cachées pendant le jour; les singes hurlaient dans les arbres, et les grands hérons de l'Amazone volaient en l'air en faisant entendre leurs accents lugubres.

Bientôt les bois retentirent des hululements des grands hiboux, les sifflements des grands serpents coupaient le silence par intervalles et la brise qui se glissait à travers les colonnes des géants de la forêt, arrivait chargée de gouttes d'une rosée glaciale.

Claude Perron s'étendit sur la terre humide,

renonçant à traîner plus loin son corps accablé de fatigue. La prière est toujours une consolation pour l'homme dans les circonstances difficiles ou dangereuses de la vie. Le malheureux s'adressa à Dieu et implora pour sa famille une nuit plus douce que celle qu'il allait passer lui-même. Il attendit avec une agitation fiévreuse que le sommeil fermât ses paupières.

Quelle fut longue cette nuit monotone et sans lune, et quelle ne fut pas son épouvante, quand, de l'abri qu'il s'était fait sous les branches de deux énormes bananiers, il vit se dresser devant lui un léopard, un énorme serpent, un puma et trois coyotes. Tous ces animaux se tenaient à distance, s'observant mutuellement comme pour s'élancer les uns sur les autres afin de garder la bonne place pour dévorer l'homme qu'ils convoitaient.

Par un bonheur providentiel Claude Perron ne dormait pas, et les quadrupèdes ennemis, aussi bien que le boa, le voyant sur ses gardes, la hache levée, prêt à se défendre, n'osèrent, ni les uns ni les autres, se ruer sur lui.

Avec l'aurore, le danger disparut. Le pauvre Claude Perron se releva, et, le cœur plein de tristesse, il reprit sa marche, espérant toujours passer ainsi près de quelque objet familier, quoique cependant il sût à peine ce qu'il faisait.

Lorsque le soleil parut à l'horizon, il fit un calcul au sujet des heures de jour qu'il avait devant lui et hâta le pas à travers les arbres. Hélas! ses espérances furent déçues. La journée s'écoula en efforts inutiles pour retrouver le chemin de son habitation, et quand les ombres de la nuit revinrent, sa terreur croissante, la fatigue, l'inquiétude, la faim et une faiblesse nerveuse, l'avaient réduit presque au désespoir.

On eût pu le voir à ce moment se frapper la poitrine et s'arracher les cheveux. En proie aux tortures de la faim, il se jeta sur le sol et se nourrit de racines qui croissaient à ses pieds.

Etait-il donc condamné à périr dans ce désert? Il avait parcouru plus de cinquante milles sans avoir rencontré un ruisseau pour étancher sa soif ou même adoucir la brûlante ardeur de ses lèvres desséchées et de ses yeux injectés de sang. Il se disait, avec raison, que s'il ne trouvait pas quelques gouttes d'eau, il devait se résigner à mourir, car sa hache était la seule arme qu'il possédât.

A chaque instant, dans le terrain où il passait, des wapitis et des agoutis s'élançaient devant lui : il ne pouvait en tirer aucun. Il était au milieu de l'abondance et ne pouvait se procurer même une bouchée d'aliment pour satisfaire son estomac vide.

De souffrance en souffrance, Claude Perron avait fini par perdre le souvenir.

Dieu, à la fin, eut pitié de lui et lui fit rencontrer une tortue. Il la regarda d'abord avec un étonnement sans pareil, et quoiqu'il se dît que s'il voulait suivre cette pauvre bête elle le conduirait à quelque source d'eau vive la fin et la soif qu'il éprouvait ne lui permirent pas d'attendre pour dévorer la chair de la tortue et boire son sang.

3.

D'un seul coup de hache il partagea l'animal en deux, et dix minutes après il ne restait plus que les deux morceaux d'écailles. .

Claude Perron se sentit ranimé, ses forces lui revinrent et la confiance rentra dans son âme. Il se croyait comme certain de retrouver avant peu sa route et enfin sa maison, sa femme chérie et ses deux beaux-frères.

Le pauvre égaré grimpa dans les branches de l'arbre au pied duquel il avait pris son repas. Restauré par un bon sommeil, il reprit le lendemain sa marche fatigante. Le soleil s'était levé radieux, et Claude Perron suivit la direction des ombres.

Il allait de nouveau s'abandonner au désespoir, quand il aperçut un raton accroupi dans l'herbe. Lever sa cognée et en frapper l'animal, ce fut l'affaire de deux secondes.

Ce qu'il avait fait de la tortue il le fit du raton, dont il dévora crue la première portion en un seul repas. Il reprit alors sa marche, et, à le voir marcher au hasard, on l'eût pris pour un de ces aveugles qui tâtonnent dans les corridorsd'une prison dont ils ne connaissent point la porte.

Les jours succédèrent aux jours, les semaines aux semaines, et Claude Perron se nourrissait tantôt de choux palmistes, tantôt de grenouilles et de serpents. Tout ce qu'il mangeait dans son chemin lui paraissait exquis, et cependant il devenait de plus en plus maigre et exténué, car un certain moment arriva où il pouvait à peine se traîner.

Quarante jours, au compte de Claude Perron, s'étaient écoulés, lorsque cet infortuné atteignit les bords de la rivière. Ses vêtements étaient en lambeaux, sa cognée ébréchée, sa barbe et ses cheveux sales et horriblement mêlés. Son corps n'était plus qu'un squelette recouvert d'une peau parcheminée.

Il s'était étendu sur le sable pour mourir lorsqu'au milieu des rêves confus de son imagination fiévreuse il crut entendre le bruit des rames d'une embarcation qui remontait le Marinon silencieux.

Il écouta, mais ce bruit, qui lui rendait l'espérance, mourut dans le lointain : ce n'était encore qu'un songe, la dernière illusion de l'espérance.

Il était peut-être au moment d'expirer, lorsque, tout à coup, un nouveau bruit de rames, bien réel cette fois, tira Claude Perron de sa léthargie. Il écoutait avec une telle avidité, que le vol d'une mouche eût à peine pu échapper à son oreille.

Bientôt ce bruit cadencé s'approcha, et Claude Perron entendit des voix humaines.

Le cœur de ce malheureux bondit de joie : il retrouva assez de force pour se relever. L'œil de Dieu vit ce pauvre homme agenouillé auprès de ce large fleuve qui brillait aux rayons du soleil et quelques moments après des yeux humains l'aperçurent également.

Claude Perron poussa un cri, et, un moment après, il vit au milieu du fleuve, à travers un cannier épais, un bateau conduit par six robustes rameurs et un timonier.

Le malheureux, perdu dans la forêt vierge, poussa un faible cri de joie et de crainte.

De crainte, car il ignorait si ceux qui s'avançaient étaient des amis ou des ennemis.

Les gens de l'embarcation l'avaient aperçu.
Ils virèrent la proue vers le rivage et le cœur
de Claude Perron précipitait ses pulsations. Sa
vue se troublait, sa tête tournait, sa poitrine se
gonflait haletante.

Le bateau atteignit les bords et le malheureux
se trouvait au milieu de ses semblables.

Ceci n'est point une fiction; je n'ai raconté
qu'un fait qui aurait pu être embelli sans
doute par un romancier plus habile que moi.
Le style de la vérité m'a paru plus simple. Je
l'ai écrit d'après le récit même de Claude Perron
que j'ai connu aux Etats-Unis, où il était revenu
après ses aventures.

Sa femme, deux enfants qu'elle avait eu, se
trouvaient avec le héros de cette aventure, et
je n'oublierai jamais les larmes qu'ils versaient
en écoutant pour la vingtième fois peut-être
cette histoire touchante.

J'ajouterai que la distance entre l'habitation
de Claude Perron et la forêt où il s'était perdu

ne dépassait pas trois ou quatre kilomètres, tandis que le Marinon, à l'endroit où il fût retrouvé, se trouvait à trente-cinq kilomètres de là. En calculant sa marche à dix kilomètres par jour, on peut croire qu'il avait parcouru au moins cent cinquante kilomètres en tournant sur lui-même, car il avait fait mille circuits sans s'en douter.

Il avait fallu à Claude Perron toute la force de sa constitution et l'aide du ciel pour supporter une aussi longue et aussi pénible épreuve.

LES COMBATS DU FAR-WEST

Les combats dans le lointain Ouest américain continuent entre Peaux-Blanches et Peaux-
Rouges. Ces derniers ont, il y a peu de temps,
assassiné sept ou huit chasseurs du Texas
et les Etats-Unis ont voulu punir, sans retard,
cet attentat qui, du reste, avait été provoqué.

Depuis le 29 septembre dernier, — date d'un
combat sanglant contre les Indiens, on est
sans nouvelles à Washington d'un détache-
ment des troupes fédérales sous les ordres du
capitaine Payne, lancé prématurément en

véritable enfant perdu, contre les tribus coupables.

Jamais on ne se corrigera de la confiance mêlée de mépris qui met, à chaque instant, la civilisation — ne fût-elle que relative — à la merci des barbares.

Les Américains, arrêtés dans leur premier élan, se sont mis à compter leurs adversaires. La prudence a succédé à la fougue irréfléchie qui croit n'avoir qu'à se montrer pour emporter tous les obstacles.

Des troupes se concentrent dans le Colorado et, cette fois, les hostilités vont commencer sérieusement et méthodiquement.

Pour la plupart de nos lecteurs, cette levée de boucliers de pauvres sauvages contre la puissance de la grande fédération doit sembler peu de chose et, s'ils ont prêté la moindre attention à un fait insignifiant, quelques volées de canon ont paru devoir ranger promptement les rebelles dans le devoir. Le gouvernement de la MAISON BLANCHE n'en a pas jugé ainsi et il a reconnu que l'effectif de l'armée devait être augmenté pour mettre à la raison les .Comanches, soutenus indubitablement par les Apaches.

Les Comanches occupent toute la partie ouest du Texas, de la Rivière Rouge au Rio Bravo del Morte et donnent la main aux Apaches à travers les défilés qui vont de la Sierra-Nevada à la Sierra-Guadalupe et à la Sierra-Madre. Ils ont un grand avantage sur les autres Indiens, celui d'avoir toujours repoussé les spiritueux et les boissons alcooliques.

Leur nation s'intitule avec orgueil la « Reine des Prairies ». Ils vivent sous la tente et manient la lance et l'arc avec une merveilleuse dextérité. Ils portent l'image du soleil appendue à leur cou, et deux croissants accrochés aux lobes de leurs oreilles. La même image de l'astre rayonnant est peinte sur leurs boucliers et au dessus de ce « couvre-corps » ils placent un petit sac contenant une pierre, laquelle, selon leur croyance, possède la vertu de les rendre invulnérables, et doit, dans un moment donné, leur rendre des services signalés.

Tous ces Indiens sont forts, athlétiques, mais ils deviennent corpulents à mesure qu'ils vieillissent. Ils portent une sorte de pantalon en cuir serré sur les jambes, une espèce de blouse de chasse, de la même « étoffe », et placent sur leurs têtes la dépouille des animaux tués par eux. C'est pourquoi tous ces sauvages ont un aspect formidable qui glace d'effroi les moins timorés.

Les Apaches errent du Rio Bravo del Morte au Rio Colorado del Occidente, et sont répandus jusque dans le nord-est du Mexique. On les trouve encore en très grand nombre dans la partie sud du Nouveau-Mexique et de l'Arizona.

Ils ont trouvé le moyen de se faire tellement redouter, que les territoires de la grande république américaine, ceux où la richesse abonde et dans lesquels on trouve des mines d'or et d'argent, de cuivre et de plomb sans nombre et d'un rendement énorme, restent abandonnés, moins faute de routes et de ressources agricoles et industrielles, que par suite de la

présence de ces hôtes fâcheux, divisés en Hual-
païs, Yavopoïs, Toulahs, Pinels, Cazotueros,
etc., etc.

Leur stature et leur couleur varient suivant
les tribus. Mais tous sont bien pris dans leur
taille, ils portent les cheveux longs et peu ou
point de barbe.

Ils teignent leur figure; mais ce sont particulièrement les femmes qui se mettent du
rouge ou plutôt de l'ocre sur le visage. Les
chefs portent des coiffures de peau de daim,
plus ou moins décorées de plumes, selon le
rang qu'ils occupent dans leur tribu.

Leurs habitations temporaires se composent
de misérables huttes couvertes de terre et d'herbes et munies d'une petite porte. Ils campent,
pour la plupart du temps, au pied d'un arbre
et couvrent les branches inférieures avec de
l'herbe ou de grandes feuilles afin de se garan-
tir de la pluie. Mais généralement ils vivent
en plein air, sans le moindre abri.

Cette race de Peaux-Rouges mange avec
gloutonnerie, lorsqu'elle trouve sur son pas-

sage des vivres en abondance. En revanche, ils saventendurer les privationsavec une patience extraordinaire, et se contenter de quelques racines et d'une herbe des montagnes qu'ils mâchent pour apaiser leur soif.

La férocité de ces aborigènes est célèbre, et malgré toutes les tentatives faites pour introduire la civilisation parmi eux, ils entretiennent contre les blancs une haine mortelle, qui se traduit fréquemment par de sanglantes surprises et des pillages de chevaux et de bétail.

Les efforts des missionnaires eux-mêmes ont été impuissants à adoucir leurs mœurs, et, dès le siècle dernier, le zèle apostolique des propagateurs de la foi a valu le martyre à un grand nombre d'entre eux. On les voit parcourir sans cesse le pays par bandes, égorgeant les voyageurs et emmenant les femmes et les enfants en captivité.

Ils reconnaissent le Grand-Esprit « Manitou » qui, pour eux, est le Soleil. La vie future n'est, pour ces Peaux-Rouges, que la répétition de la vie actuelle. Ils comptent y chasser et s'y battre tout à leur aise, et ils sont malheureusement persuadés que leurs sorciers dirigent à leur gré les phénomènes de la nature, et qu'ils évoquent les âmes de leurs ancêtres.

Ces Comanches, ces Apaches sont d'une bravoure à toute épreuve; mais l'adversité les trouve indifférents et stoïques. Ils adorent leurs enfants, eux qui ne reculent devant aucune atrocité.

Leur personne, leur existence et leur actions sont empreintes de poésie romanesque et d'un grand sentiment religieux. Des esprits peuplent pour eux, la rivière, la plaine et la forêt; chaque feuille et chaque pierre ont des voix qui leur parlent à l'oreille. Tous s'en vont à travers les forêts et les sierras, sombres et farouches entraînant à leur suite leurs femmes esclaves.

Le travail leur paraît chose inutile : il est réservé aux *squaws*. Ce sentiment, froissé par de pauvres prêtres voulant commencer la régénération des sauvages par un labeur quotidien, a été la cause de nombreux massacres et de la ruine des missions dans l'Amérique du Nord.

Les Peaux-Rouges, montés sur leurs chevaux capturés à l'état sauvage dans la Prairie, chassent les bisons, quand la guerre leur laisse des loisirs. Quoique maîtres émérites dans l'art de manier les arcs et les flèches, ils s'estiment les plus heureux des hommes lorsqu'ils peuvent se procurer un rifle, autrement dit une carabine. Les femmes sont victimes de cet orgueil, et n'ont pas la moindre autorité dans le ménage. Toute la besogne intérieure leur incombe ; l'homme les regarde planter les pieux qui doivent soutenir la tente, puiser de l'eau à la source, rapporter le bois de la forêt, arracher du sol les racines comestibles, recueillir les glands, faire la cuisine, confectionner les vêtements, sécher les chevelures scalpées, réparer la tente. Elles portent leurs enfants, lorsque la tribu se met en marche. En un mot, elles sont la chose du maître et n'ont qu'à obéir: lui, fume et joue avec ses camarades. Cette servitude constante rend ces femmes cruelles, et le prisonnier qu'on leur confie est destiné à une mort affreuse. Les tortures qu'elles lui infligent, les souffrances inouïes qu'il doit subir, sont telles, que notre plume se refuse à les détailler.

Ces *squaws* sont assez jolies quand elles sont jeunes, mais à vingt-cinq ans elles sont déjà hideuses. Leur costume consiste dans une longue chemise en peau de chevreuil tannée et ornée de frange de drap rouge, de fer-blanc et de perles. Quelques-unes portent une sorte de cuirasse, fabriquée avec des dents de sangliers et de bêtes fauves, qu'elles alignent sur leurs poitrine comme des brandebourgs.

Les Américains, dans l'intention de tenir en bride les Peaux-Rouges, ont construit , de distance en distance, et sur tous les points bons à défendre contre la déprédation, des forts qui sont à peine suffisants pour protéger la fortune et la vie des blancs établis sous la portée de leurs canons.

Les premiers cavaliers du monde, ces Apaches et ces Comanches passent comme une trombe sur le territoire occupé par les ennemis et, après y avoir semé la mort et l'incendie, s'envolent, véritables démons de la Prairie, en mettant d'incroyables distances entre eux et le châtiment. Ils ont traversé les canons des Montagnes-Rocheuses et sont à l'abri de toutes représailles.

En vain l'or étincelle-t-il à la surface de la terre, les plus hardis pionniers reculent même devant les périls et l'effroyable mort qui attendent ceux qui se courberaient pour le ramasser. L'Indien, qui dédaigne ce métal, le garde encore mieux que ne le font les jaguars. Les attaques contre les blancs sont faciles dans les Prairies où l'herbe monte à deux mètres de hauteur.

Nous devons ajouter que les Américains s'imposent peu aux Aborigènes. Ces Yankees, la chique à la bouche, faisant des copeaux avec leur couteau sur un morceau de bois de sapin, ne sont pas faits pour donner aux Indiens de la civilisation dont les avantages leur échappent.

Le mot harmonieux de *remoral*, qui est venu enrichir la langue anglaise pour exprimer le système de refoulement que les Américains entendent leur appliquer, n'a pas séduit les Indiens comanches et apaches et l'on raconte en riant le fait suivant qui s'est passé dans les Prairies.

Un chef comanche s'était amusé à donner des espérances de soumission pour sa tribu et pour lui aux commissaires que le gouvernement de Washington envoie, chaque année, dans les Prairies, pour inviter les Peaux-Rouges au *remoral*. Les braves gens, dans leur enthousiasme au sujet de ces adeptes sur lesquels ils allaient mettre la main et qui semblaient remplis de si bon vouloir, firent un rapport si beau et se démenèrent de telle façon, qu'on bâtit aussitôt pour le chef Indien et sa famille une maisonnette très confortable. L'année suivante, ces missionnaires yankees, sachant que leur voix avait été écoutée et leurs démarches couronnées de succès, revinrent, pressés de compléter leur œuvre et afin de caserner la tribu que l'exemple de son chef devait avoir mise sur la voie de la civilisation.

4

Ils aperçurent enfin devant eux la maisonnette blanchie à la chaux, abritée par les rameaux des arbres verts. Ils se hâtèrent de mettre pied à terre et pénétrèrent dans la demeure que la grande nation avait offerte à l'heureux sauvage.

Quel ne fut pas leur étonnement en voyant établis dans les chambres, comme dans les box d'une écurie, deux superbes mustangs de la Prairie qui, ensevelis dans une abondante litière, regardaient les nouveaux arrivés comme des intrus.

Les commissaires du gouvernement faillirent avaler leur chique de fureur et de désappointement.

Ils sortirent en jurant à perdre haleine et trouvèrent à une portée de fusil de l'endroit en question le chef comanche, qui impassible, fumait son calumet, assis par terre, devant une hutte de branchages.

Connaissant les habitudes indiennes, ils s'approchèrent de lui et attendirent silencieusement que le Peau-Rouge eût fini de jeter sa fumée aux quatre vents du ciel.

Quand cela fut fait, il prévit les questions qu'il voyait se presser sur leurs lèvres et étendant son calumet vers la maison que les blancs lui avaient offerte en cadeau, il leur dit:

— *Casa grande*, bonne pour chevaux, mauvaise pour guerriers.

L'aversion de ces sauvages pour les habitations des gens civilisés est d'autant plus étonnante qu'ils rencontrent à chaque pas, dans les solitudes, des ruines considérables d'édifices bâtis de grandes pierres, bien façonnées, bien équarries et artistement taillées qui leur racontent le passé. Des Indiens voisins des Apaches et connus sous le nom de Moquis, construisent même encore des maisons de pierre. Leurs villages, composés d'un seul bâtiment commun à tous, sans ouverture exclusive, et où l'on n'accède qu'au moyen d'une échelle, sont placés au sommet de hauts plateaux entourés de canons, autrement dits de larges et profonds ravins.

Leur population intelligente, entièrement dissemblable des Peaux-Rouge du Nord-Ouest, représente-elle la race inconnue qui éleva dans ces lieux maintenant déserts ces vastes constructions, ces murailles massives, ces fortifications dont les traces sont évidentes ?

Il est hors de doute qu'il y a eu là, à une époque dont on ne peut se faire une idée, un peuple avancé dans les arts, que les Apaches et les Comanches ont à peu près détruit. Lorsque l'on parcourra librement les Prairies et que l'on sera parvenu à les défricher, d'autres ruines apparaîtront et l'on pourra en exhumer l'histoire des ancêtres probables des Moquis.

Aujourd'hui 50,000 Peaux-Rouges sont sur le « sentier de la guerre » pour défendre les contrées qui formaient leur territoire de chasse : le Texas, conquis en 1835 ; le Nouveau-Mexique, annexé en 1848, et l'Arizona, acheté en 1854 moyennant dix millions de dollars.

UNE CARAVANE D'ÉMIGRANTS

Les montagnes Rocheuses de l'Amérique du Nord ne sont pas autre chose que la continuation des Andes, aux pics sans pareils qui s'échelonnent sur toute la longueur des deux Amériques et coupent le globe en deux parties. Nulle part, du nord au sud de cette vaste chaîne de rocs escarpés, sous les différentes zônes, au milieu desquelles elle s'élance vers le ciel, la nature n'est plus pittoresque et plus grandiose que vers les passes qui servent d'accès aux émigrants pour se rendre en Californie. C'est de cet endroit que le voyageur découvre à l'horizon la *sierra Nevada*, la *sierra de los Mientres* et la mer de Vermillon, le golfe des Perles, et les glaces azurées de la mer Russe. Puis, aussi loin que la vue peut s'étendre, il aperçoit les vapeurs qui s'élèvent au dessus de l'océan Pacifique.

Sur la pente qui s'étend vers l'est de ces montagnes, l'on aime à suivre du regard, comme les fils d'argent de la Vierge, les méandres sinueux et sans fin des rivières nombreuses qui bordent les prairies verdoyantes et où demeurent les Peaux-Rouges, Comanches, Pawnies, Soshones et Sioux.

A l'ouest les ruisseaux sont devenus torrents et leurs cascades hennissent au milieu des rochers, à travers les cavernes enfantées par le cataclysme du monde, jetant aux échos un bruit qui rivalise avec celui du tonnerre.

Au nord s'étend le désert appelé le grand bassin, bordé de toutes parts de pics ardus. couronnés de neiges éternelles, au centre duquel se trouvent enchassés des lacs mystérieux comblés peu à peu par des nuages de

sables soulevés par le vent, mais reparaissant
sur un autre point à mesure qu'un creux s'est
formé à l'endroit où s'élevait jadis un monti-
cule. C'est là que mirage du désert révèle des
illusions d'optique d'une splendeur surnatu-
relle, offrant à l'observateur étonné des images
fantastiques et animées dont les pieds touchent
le sol, et dont la tête atteint les nuages : une
scène renouvelée des Titans, reproduite avec
toute l'horreur requise pour être incompré-
hensible.

Là vivent, plus souvent en guerre qu'en
bonne intelligence, les tribus des Apaches,
des Utahs, des Walla-Wallas, des Snakes, et
des féroces Piggers, poursuivant le gibier jusque dans les sommets les plus élevés qui
recèlent dans leurs flancs des lacs glacés, des
gouffres sans fond, des sentiers inexplorés
dont les aigles seuls connaissent les situations
et les dangers.

Cette nature indescriptible est, çà et là, enri-
chie de grandes colonnes basaltiques prenant
tantôt la forme d'un vieux château démantelé,

tantôt celle d'une tour crénelée, d'un obélisque ou d'un arc de triomphe. Le voyageur marche dans ce désert au milieu d'une série d'enchantements renouvelés à chaque pas, et le poète voit ses rêves fantastiques réalisés et palpables.

Les montagnes Rocheuses sont souvent dévastées par des orages dont la violence est inconnue de ceux qui n'ont pas été témoins de ces bouleversements atmosphériques. Les éclats du tonnerre, les éclairs, les avalanches ou quelque chose d'insolite qui ne ressemble en rien aux convulsions de la nature auxquelles nous sommes accoutumés.

La foudre retentit plus longtemps, les éclairs se prolongent indéfiniment, les chutes de neige couvrent des vallées d'une si grande étendue qu'on les prendrait en Europe pour des plaines. Le vent y rugit avec fureur, balayant tout ce qui se trouve sur son passage, même ces rochers, souvent emportés par son souffle irrésistible.

Le pays que je décris n'est cependant pas désert : loin de là. La race blanche et la race couleur rouge s'en disputent la possession. Aussi loin que les élans et les bisons peuvent fouler le sol, aussi haut que s'élève l'abeille sauvage, et quelle que soit l'opposition des Peaux-Rouges, des milliers d'Américains se sont fixés dans un lieu où leur seuls visiteurs sont les aigles et les vautours.

La misanthropie, l'avenir, l'amour, les désillusions ont amené cette horde hétérogène de commerçants, de pionniers, et de chasseurs au milieu de ces solitudes sublimes. Ce qu'il y a de fort singulier dans cette vie du désert, c'est qu'elle attire comme le vide, et que tous ceux qui en ont vécu n'ont jamais songé à retourner vers les centres habités autrement que pour y vaquer à des affaires indispensables à conclure, se hâtant, dès qu'elles étaient terminées, de retourner dans leur solitude adorée. Et cependant le sol est partout humecté de sang humain, semé d'ossements blanchis par les becs des oiseaux de proie et les dents des animaux carnassiers. Tout là parle de la mort. Le bruit des vents qui attriste le cœur, celui

4.

des torrents qui effraye l'imagination; les
gorges des montagnes, les rochers caractéris-
tiques, les rivières même portent le nom de
ceux qui ont été assassinés. Chaque nouvelle
appellation est un baptême de mort et, malgré
cela, des recrues viennent sans cesse prendre
la place de ceux qui ont péri sur la route;
l'air que l'on respire dans les montagnes est
si enivrant!

Au premier aspect cette chaîne de montagnes paraît impraticable. L'aridité de sa base,
les pics dont les pointes se perdent au milieu
des nues semblent opposer une barrière insur-
montable au flux de l'émigration. Quel est le
grossier chariot qui pourra s'élever au dessus
de ces murs cyclopéens, sur les créneaux des-
quels veillent pour en défendre le passage, des
barbares avides de sang? Quelque impossible
que paraisse ce tour de force, il est chaque
jour accompli, depuis un demi-siècle, par des
émigrants dont le courage tient du prodige.
Bien avant le voyage d'exploration du capitaine
Frémont, en 1845, voyage dont les récits ont

étonné le monde entier, des hommes et des femmes, les pieds nus et le corps couvert de haillons, avaient foulé le sable de la passe du sud des montagnes Rocheuses. Ni les ravins, ni les rivières, ni la mer ne peuvent entraver la marche d'une armée de pionniers américains. Les dangers, les privations, les fatigues incroyables encourus par ces avant-gardes de la civilisation, épouvantent bien un peu les cœurs les plus héroïques, mais rien n'a le pouvoir de refroidir l'ardeur, d'ébranler même le progrès d'un peuple qui n'admet pas dans son vocabulaire les mots *avoir peur* et *reculer*.

Le 4 juillet 1876, deux familles d'émigrants avaient dressé leurs tentes sur les bords d'une source appelée *Pacifique Spring*, que l'on rencontre sur le chemin conduisant du Missouri à l'Orégon et à la haute Californie...Ces pionniers avaient quitté Indépendance dont ils étaient éloignés d'environ onze cents milles. Le nombre des émigrants qui étaient partis avec eux était considérable, mais bientôt des querelles avaient éclaté, comme cela arrive fatale-

ment dans une troupe sans chef ; une déban-
dade s'était opérée dans toutes les directions,
chaque parti prenant toujours pour boussole
les valldes aurifères de la Californie.

Les deux familles qui figurent dans cette
narration avaient résolu de se séparer de leurs
compagnons de route dant l'aspect querelleur
ne convenaitpas à leurs habitudes placides.
Pourvus de chariots solides, de nombreux
mulets de transport et de bœufs pleins de
vigueur qui se relayaient dans le courant de
de la journée pour porter le bagage, ces bons
émigrants ne redoutaient point les périls de la
route. Ils avaient donc pris les devants et
étaient à ce point que j'ai nommé plus haut :
la source du Pacifique, ainsi qualifiée parce que
les eaux s'écoulent dans l'océan qui porte ce
nom. De cette manière ils avaient évité les neiges qui tombent souvent dans les premiers
jours d'automne sur les pics de la sierra Nevada, et ils s'étaient débarrassés d'une société
plutôt dangereuse qu'utile, même pour se protéger contre les attaques des Indiens.

Les émigrants qui composaient ces deux familles ne se dissimulaient cependant pas que, plus ils avançaient, plus leur petit nombre était suffisant contre le péril qui les menaçait à chaque pas. Leur troupe n'était composée que de douze personnes dont quatre étaient des enfants trop jeunes pour se défendre et quatre autres des femmes. Il n'y avait donc que quatre hommes dont l'énergie, la prudence et le ferme vouloir ne devaient craindre aucun danger.

Les deux familles étaient déjà parvenues à plus de la moitié de leur route, et elles auraient franchi les douze cents mètres qui les séparaient des premiers établissements élevés sur les bords du Sacramento, sans les événements imprévus que je vais raconter.

Le jour allait finir : les émigrants, qui avaient dressé leurs tentes, attaché leurs animaux et allumé leurs feux préparaient le repas du soir, composé de viandes boucanées, qu'ils faisaient cuire au dehors d'un feu entretenu au moyen de fiente de bison. Tous se montraient joyeux et satisfaits ; ils plaisantaient entre eux, riaient, chantaient, comme devaient le faire autrefois les Israélites guidés par Moïse dans la terre promise.

Au coucher du soleil, une jeune fille, et un jeune garçon s'éloignèrent du camp et se dirigèrent vers un roc élevé qui dominait la route située sur la passe du sud. Du sommet de ce rocher, leurs yeux découvraient un paysage pittoresque dont la description faiblirait devant la réalité. Au loin, partout, à l'horizon, on apercevait des plaines immenses, des montagnes superposées éclairées par les feux du soleil couchant, noyées dans une teinte dorée de tous les prismes décevants de la terre californienne ; mais le point de vue le plus pittoresque de cette nature grandiose était, sans contredit, la passe elle-même : un immense arc de triomphe, formé de roches entassées les unes sur les autres, sous lequel dix chariots pouvaient passer de front sans difficulté !

Les deux jeunes gens gardaient le silence. L'un et l'autre s'abandonnaient aux émou-

vantes impressions que produisait sur leurs
cœurs la sublimité de la nature. Les mains de
la jeune fille étaient retenues par celles du
jeune émigrant, et sa tête se reposait sur l'é-
paule de celui-ci. Leurs deux cœurs battaient,
comme s'ils eussent été renfermés dans la
même poitrine. Tous deux apercevaient le
nom du Créateur de toutes choses gravé sur
les rochers qui les entouraient. Quoique nés
sur une plage lointaine, quoique vêtus de bure
et de vêtements grossiers, ils avaient dans l'â-
me cette noblesse de sentiments qui relève la
créature à quelque rang de la société qu'elle
appartienne. Si le jeune émigrant était courageux au delà de toute expression, celle qui se
trouvait auprès de lui possédait la beauté d'u-
ne madone. Leur affection mutuelle était donc
une nécessité de leur jeune âge, aussi natu-
relle que le parfum des fleurs, ou la pousse des
feuilles au mois de mai.

— Quel magnifique temple pour notre mariage ! murmura Henry à l'oreille de sa fiancée
dont les yeux étaient fixés sur les tentes de toile

blanche du campement. Entends-tu, ma bien-
aimée, les clochettes de nos mulets et les voix
sonores des petits enfants !

Emma — c'était le nom de la jeune fille —
laissa tomber un tendre regard sur son inter-
locuteur ; un sourire s'épanouit sur ses lèvres,
et une rougeur charmante vint teinter ses
joues.

— Te rappelles-tu ta promesse ? ajouta
Henry ; te souviens-tu qu'il y a un mois, quand
nous étions encore sur les bords de la rivière
Platt, tu m'as juré de devenir ma femme dès
que nous aurions atteint la première fontaine
dont les eaux s'écoulent du côté de la Californie. Cette source, près de laquelle nous avons
campé, roule sur un lit de cailloux jusqu'à la
rivière Verte, là-bas, à l'horizon ; elle prend
alors le nom de Colorado et se jette dans le
golfe des Perles.

Henry parlait encore lorsque sa fiancée lui
fit remarquer dans la direction d'une roche basaltique plusieurs ombres qui se mouvaient
lentement. Tous deux crurent d'abord que

c'étaient des Indiens, mais leur appréhension se dissipa à mesure que les objets se rapprochaient. C'était, suivant toute probabilité, un troupeau de daims paissant tranquillement dans la prairie. Hélas ! les émigrants ignoraient que les Peaux-Rouges revêtent bien souvent des dépouilles d'animaux afin de mieux imiter les allures des quadrupèdes, dans le but de surprendre les voyageurs qui ignorent ces ruses particulières à la race indienne de l'Amérique du Nord.

Le crépuscule faisait graduellement place à la nuit quand les deux fiancés rentrèrent au camp. Leur mariage devait avoir lieu après le souper du soir. Le père d'Emma, ministre protestant, officiait comme chapelain, et la cérémonie empruntait sa seule solennité à la nature grandiose au milieu de laquelle elle avait lieu.

La lune, qui était en son plein, les étoiles, dont le ciel était constellé, éclairaient cette scène imposante dont le caractère était à la fois religieux et national. C'était là, en effet, un symbole digne d'être apprécié selon toute sa valeur, car si l'émigration est le moteur du progrès en Amérique, le mariage est dans ce pays l'élément suprême de l'émigration. Aussi un mariage parmi les émigrants, célébré à la passe des montagnes Rocheuses était-il un événement remarquable dans l'existence des deux familles.

La cérémonie était à peine terminée qu'une douzaine d'Indiens s'élancèrent au milieu du camp. Comme ils étaient entièrement nus et sans armes, leur irruption ne causa pas d'abord une très grande émotion. L'un d'eux, cherchant à se faire comprendre, annonça qu'ils appartenaient à la tribu des Utahs. Ils offraient à vendre une sorte de pain fait de graines de tournesol et de sauterelles mélangées en parties égales, pilées et grillées ensemble. Or, comme on le pense bien, cette nourriture trouva peu d'amateurs parmi les émigrants. Dans un très court espace de temps, les Peaux-Rouges furent rejoints par un plus grand nombre des leurs qui, tous nus et sans armes, paraissaient n'être animés par aucun sentiment hostile.

. L'un d'eux cependant, qui ne ressemblait nullement à ses camarades, un colosse aux yeux farouches, à la barbe longue, aux cheveux tressés au dessus de la tête, s'avança soudain, un bâton à la main. Ses épaules étaient couvertes d'une peau de daim ; un pantalon et des mocassins complétaient son costume. A voir ses yeux gris, sa tournure sinistre, sa bouche grimaçante de cruauté, on devinait sur-le-champ que cet être sans nom était un blanc banni de la société et ayant cherché un refuge parmi les Peaux-Rouges. Ce misérable jeta un regard oblique sur les émigrants et les examina les uns après les autres, jusqu'à ce qu'enfin ses yeux s'arrêtèrent sur la nouvelle mariée. Un horrible sourire effleura alors ses lèvres.

A ce moment même, Emma, qui le reconnut, s'écria avec horreur :

— Ah ! c'est Bill Moore, le meurtrier de mon frère !

A ces mots, le faux Indien proféra le terrible *woop* d'attaque, signal convenu entre ses camarades et lui. Ceux-ci, pareils à des panthères affamées, s'élancèrent sur les émigrants, qui tous, malgré leur courageuse résistance, furent bientôt renversés, meurtris et à la discrétion de leurs ennemis. Le chef de ces hommes sans pitié commanda alors aux Utahs de s'emparer de tous les fusils des émigrants. Par ses ordres, les hommes furent liés avec des cordes, et l'on se prépara à partir en emmenant les femmes. Rien n'était plus émouvant à entendre que les gémissements de ces malheureuses opposant une résistance fort inutile à ceux qui les entraînaient et les cris des enfants violemment séparés de leurs mères.

Tout espoir semblait perdu, lorsque soudain on vit à la clarté des étoiles une troupe nombreuse d'Indiens à cheval arriver au grand galop dans la direction du camp. Leur chef était une jeune et belle femme vêtue d'habits de peaux de daim ornés de plumes, de broderies aux couleurs éclatantes et de plaques d'or. Elle était montée sur un magnifique cheval blanc qu'elle maniait avec une habileté sans pareille.

— Voilà les Soshones ! s'écrièrent à l'instant les Uthas, saisis d'une indicible terreur, fuyan dans toutes les directions et abandonnant leurs prisonniers, qu'une délivrance aussi inattendue remplissait d'étonnement.

L'un d'eux, cependant, ne laissa point échapper sa victime. Le bandit Bill Moore avait saisi entre ses bras le corps inanimé de la jeune Emma, et escaladant, avec la vélocité d'un chat sauvage, une éminence qui s'élevait à une petite distance du camp, il disparut bientôt avec son fardeau derrière les sinuosités du terrain.

A peine s'était-il éloigné que les libérateurs soshones envahissaient le camp et se hâtaient de couper les cordes dont étaient garrottés les malheureux émigrants. La noble et belle sauvage qui commandait les Indiens se fit comprendre à l'aide de signes et expliqua que celui qui commandait les Utahs était son mari.

Le matin même, il était parti, sous le prétexte
d'aller à la chasse, mais elle avait été informée
par un des siens que le traître se disposait à
enlever, vers le campement de la passe du
Pacifique, une femme blanche qu'il avait aimée
autrefois, avant de se réfugier chez les Indiens.
Le hasard la lui avait fait retrouver quelques
jours auparavant au milieu d'une troupe d'émigrants qui s'étaient reposés le long de la
rivière des Eaux douces.

Henry fut le premier à comprendre le langage
animé de la femme soshonne et il lui expliqua
à son tour que son mari avait réussi dans son
projet criminel, qu'il était parvenu à son but
et qu'il fuyait en ce moment, entraînant Emma
avec lui. Il supplia la jalouse Indienne de
courir sus à Bill Moore et de lui permettre de
l'accompagner.

Cette explication redoubla le courroux de
l'épouse outragée, dont le cœur brûlait de
jalousie et de désirs de vengeance. Par ses
ordres, Henry obtint un cheval rapide, et
comme il avait retrouvé sa carabine qui, par

le plus grand des hasards, avait échappé aux yeux des Utahs, il changea la capsule afin d'être plus sûr de son coup, lors de sa rencontre avec le ravisseur d'Emma, et s'élança sur les traces de ce misérable, à la tête des Soshones et à côté de l'Indienne.

La troupe entière contourna la colline au sommet de laquelle Bill Moore avait disparu, et se trouva bientôt dans la prairie au milieu de laquelle on apercevait le géant lancé au galop. Devant lui une draperie blanche, la robe d'Emma, flottait au gré du vent.

La femme soshone poussa un cri de rage répercuté par les échos des montagnes Rocheuses, et la course recommença plus rapide et plus obstinée. Chaque élan des chevaux raccourcissait la distance qui séparait celui qui était poursuivi de ceux qui volaient sur ses traces. Cette chasse à l'homme se dirigeait du côté de la cour basaltique de Jacob, et lorsque le faux Indien parvint à sa base, ceux qui étaient lancés sur ses pas n'étaient séparés de lui que par un espace de cent mètres. Il paraissait impossible qu'il leur échappât. La structure du monolithe aux parois lisses comme celle d'une construction faite par la main des hommes, semblait inaccessible à tout être inanimé qui n'eût pas été muni d'ailes pour arriver à son sommet.

Cependant, au grand étonnement des Indiens, Bill Moore se jeta à bas de son cheval et, sans abandonner la pauvre Emma, il commença à gravir le paroi du roc. Il avait découvert un sentier étroit qui faisait saillie et par lequel il parvint bientôt au sommet de cette merveille de la nature.

Tous les Soshones, malgré les exortations de leur chef, paraissaient se refuser à tenter une ascension aussi périlleuse, Henry, lui seul, n'hésita pas. Saisissant sa carabine d'une main, il s'aida de l'autre pour s'accrocher aux interstices du rocher, et ce fut ainsi qu'il parvint au sommet.

Bill Moore, qui n'avait pu échapper à ceux qui le poursuivaient, résolut d'assassiner sa victime, mais comme, dans sa course haletante, il avait perdu ses armes, il s'efforça d'étrangler l'infortunée Emma. D'un seul bond Henry s'élança sur lui et, ne pouvant faire feu, ce fut avec la crosse de sa carabine qu'il brisa le crâne du misérable dont le cadavre rebondit, tomba dans le vide et fut bientôt mutilé à la base de la tour basaltique.

Se jetant alors sur le corps inanimé de sa fiancée, le pauvre Henry craignit d'abord qu'elle fût morte. Sa bouche cherchait un reste de vie sur celle d'Emma, dont les lèvres bleues, recouvertes d'une écume teintée de rose, étaient froides et desséchées Mais lorsque la douce chaleur de la poitrine de celui dont elle était la bien-aimée eut pénétré ses sens engourdis, elle revint peu à peu à la vie; ses yeux se rouvrirent, et bientôt sa bouche murmura lentement ces paroles.

— Oh ! mon ami ! quel horrible rêve j'ai fait.

Nous ne suivrons pas plus loin les émigrants de la Source du Pacifique qui, escortés par la femme indienne et sa tribu, parvinrent sans

5

encombre aux premières limites du territoire
californien. Les deux familles vivent et prospé-
rent à l'heure qu'il est sur les bords de la
rivière Feather. Emma est mère de deux
charmants petits garçons qui promettent d'être
bons et courageux comme leur père. Afin de
perpétuer la mémoire de la délivrance miracu-
leuse de sa femme, Henry a élevé sur la pe-
louse qu'il a semée devant son habitation un
monument fait avec des roches basaltiques,
auxquelles il a donné la forme de l'échelle de
Jacob, et sur la base on peut lire cette inscrip-
tion :

4 JUILLET 1876.

LES

DÉTERREURS DE CADAVRES

Si, nouveau débarqué, l'on parcourt les rues d'une ville des Etats-Unis, quelle qu'elle soit, les yeux sont tout à coup péniblement frappés par la vue d'un magasin où se trouvent étalés, les uns à côté des autres, par échelle de gradation, de luxe et de valeur, des cercueils de toutes les formes, de toutes les essences de bois, et, par conséquent, de tous les prix.

Les marchands de cette denrée, unique dans son genre, sont certains que, pour eux, le commerce procède toujours du même élan. Que le soleil se mire dans le lustre de leur marchandise ou que la pluie fouette à torrents les vitres de leur devanture, ils sont toujours assurés que leurs concitoyens y feront leur emplette, et chacun d'eux s'évertue à offrir aux regards des passants ce qu'il y a de plus attrayant, sans doute pour inspirer la pensée d'en faire usage.

Les fournisseurs de la mort de l'Amérique du Nord spéculent sur la coquetterie qui pourra présider à la toilette d'un cadavre dans son dernier lit d'acajou, et ils envahissent la voie publique de leurs exhibitions jovialement funèbres.

— Voyez, gentlemen et ladies, disent-ils, voici des cercueils pour tous les goûts, pour toutes les bourses : cercueils en bois de rose, en tuya, en oranger, en fer, en fonte, à haute pression atmosphérique, doublés de moire ou de satin, ornés de clous dorés ou argentés, de plaques de métal, recouverts de drap noir. Admirez ce charmant oreiller gonflé de plumes d'eider! Comme votre tête y reposera douillettement! Oh! l'on n'a rien oublié et l'on peut mourir tranquille; sous la vitre qui recouvrira le masque livide du cadavre, on fera disparaître la pâleur à l'aide d'une couche de vermillon, on adoucira les qualités bleuâtres des yeux sans regard au moyen d'une teinte de blanc d'Espagne; on nouera artistement votre cravate de satin blanc, et les amateurs du genre admireront le talent ingénieux des nécrophores humains qui sont parvenus à dissimuler l'empreinte solennelle de la mort sous les apparences les plus folâtres de la vie.

Pendant mon séjour aux États-Unis, j'avais pris domicile dans une maison très confortable, au coin de Houston-street et de Broadway, dont la distribution intérieure m'avait plu, aussi bien que le voisinage et les facilités de la vie qui se trouvaient à ma portée: mar-

chands de toute sorte, cafés, tavernes, fourni-
tures de bouche, tout se trouvait réuni au
Vol du chapon.

Un seul magasin restait fermé, à gauche de
mes fenêtres donnant du rez-de-chaussée
dans la rue. Certain matin, en ouvrant mes
persiennes pour humer l'air frais, quel ne fut
pas mon étonnement en apercevant une belle
enseigne appendue au dessus de la boutique
et offrant, en lettres blanches sur fond noir,
ces mots cabalistiques:

DIXON

Conffins' maker, sexton and undertaker
Fabricant de cercueils, fossoyeur et ensevelisseur.

M. Dixon, le nouvel emménagé, rangeait son
magasin en compagnie de deux grandes et
belles filles qu'il appelait mes enfants et d'une
servante irlandaise, qui, toutes trois, l'aidaient
à placer contre les parois de la muraille des
cercueils de différentes tailles et d'un luxe

gradué, du travail le plus complet, à des plan-
ches de sapin clouées ensemble.

Maître Dixon me parut être un individu mo-
rose, triste et pensif, et d'un caractère fort en
harmonie avec le métier qu'il exerçait. Je
l'entendis gronder ses filles lorsqu'il les trouvait inoccupées.

Le lendemain matin, je voulus savoir quel-
les étaient les mœurs de mes voisins. Grâce
à un petit cabinet qui ouvrait et prenait l'air
sur une cour intérieure, d'où l'on apercevait
les fenêtres de la cuisine, — salle à manger du
sexton, — je pus entendre celui-ci se plain-
dre des dégâts occasionnés par la pluie au
dernier convoi qu'il avait présidé et auquel il
avait fourni les accessoires, tels que manteaux,
crêpes, chapeaux, etc., etc. Mais il espérait se
rattraper à l'enterrement de Henry Clay que
l'on disait être fort malade en ce moment-là.

Dixon en parlant de ses affaires avait l'air
lugubre, et je dois avouer que j'étais forte-
ment impressionné de son discours funèbre.

J'allais me retirer de mon observatoire lorsque j'entendis trois coups frappés à la porte d'une façon maçonnique et discrète.

— Qui est là ? demanda le marchand de cercueils. Ah ! je sais : entrez !

Je vis alors pénétrer dans la petite pièce un docteur de New-York que je connaissais intimement et qui fit à Dixon un signe que celui-ci comprit aussitôt.

— Laissez-nous seuls, monsieur et moi, fit celui-ci en s'adressant à ses deux filles qui se retirèrent aussitôt.

— Eh bien ! docteur Quaquenbush, dit le *sexton* au visiteur, que puis-je pour vous ?

— Je vais vous le dire, mon brave homme. J'ai besoin d'un sujet.

— Oh ! c'est devenu bien difficile, répliqua le fossoyeur. Les gardiens de Greenwood et de Potter's field sont très vigilants, ils ont reçu les ordres les plus sévères des autorités municipales, et je crains bien de ne pouvoir pas faire ce que vous me demandez.

— Bah ! je suis sûr que vous réussirez et vous savez que je paie bien.

— Sans doute ! mais...

Sur ces paroles, le docteur Quaquenbush baissa la voix et parla à Dixon la bouche contre son oreille, si bien que je ne pus pas comprendre ce que disaient les deux interlocuteurs. Puis le docteur Quaquenbush frappa sur l'épaule du *sexton*, lui adressa un *All right !* auquel celui-ci répliqua par une autre locution pareille, et les deux hommes sortirent pour traverser la boutique, l'un pour s'en aller, l'autre pour lui faire compagnie jusqu'à la porte.

Le lendemain je m'aperçus à un certain mouvement dans la maison de Dixon qu'un événement avait lieu chez mon voisin. En appliquant les yeux à mon *judas*, je vis l'une des deux filles en pleurs qui disait à la servante irlandaise.

— Pauvre Clara ! quelle maladie l'a donc terrassée ?

5.

— Qui sait, mademoiselle ? le choléra peut-être.

Le choléra! Cette épidémie avait en effet fait son apparition à Philadelphie et y avait produit une terreur telle que la moitié de la ville s'était enfuie. Quelques habitants de la *Cité des amis* n'étaient-ils pas venus à New-York et n'avaient-ils pas apportés le germe du mal?

L'après-midi de ce même jour, en rentrant chez moi, je trouvai la boutique de Dixon fermée. Un écriteau sur la porte faisait savoir aux passants que miss Clara Dixon était morte subitement.

Je demandai à quelques voisins s'ils savaient ce qui s'était passé; on me répondit d'une façon évasive et le jour suivant, à l'aube, le convoi de la fille du fossoyeur se mettait en route pour le cimetière de Greenwood à Long-Island.

Au retour de cet enterrement, je pus voir toujours par le même moyen, la famille en larmes procéder à l'épuration et à l'assainissement de la chambre où la malheureuse Clara avait rendu le dernier soupir.

D'ordinaire on ne se livrait pas à des fumigations aussi nombreuses dans la chambre d'un mort : on n'employait pas des irrigations d'eau de chaux, de chlorure, d'ammoniaque.. Toutes ces ablutions me donnèrent à réfléchir. Le choléra n'aurait-il pas fait invasion à New-York ?

Les journaux de la ville m'apprirent plus tôt que je ne le pensais la réalisation des craintes que j'avais conçues.

Dans le *Sun* où je pus lire l'affreuse nouvelle, je jetai les yeux sur un paragraphe qui me fit frémir d'horreur. Il était ainsi conçu :

« Depuis longtemps les déterreurs de cadavres n'avaient pas fait parler d'eux. La plus grande surveillance était établie dans les diverses nécropoles de notre ville ; mais hier soir le gardien de Greenwood ayant été retenu chez lui par la maladie subite de sa femme atteinte du choléra se vit forcé d'abandonner

ses heures de faction. Dans la nuit, sa femme
était emportée par le terrible fléau qui com-
mence à sévir sur notre ville. Ce matin, à
l'aube, un de ses collègues de la section du
nord du cimetière accourut à la maison de
Marvin et lui apprit que deux tombes avaient
été violées et que les cadavres — ceux de deux
jeunes filles — avaient été emportés. Malgré
son chagrin récent, Marvin suivit son con-
frère et tous deux se dirigèrent vers l'allée n° 34
où se trouvaient la sépulture de la famille
Robertson et celle du *sexton* Dixon, presque
contiguës l'une à l'autre. Les deux caveaux
étaient ouverts, et l'on apercevait sur le rebord
du chemin deux cercueils éventrés et vides.
L'un était celui de miss Louisa Robertson,
décédée l'avant-veille et l'autre celui de la fille
du fossoyeur, qui avait été inhumée hier après
midi. On se perd en conjectures sur l'enlèvement infâme de ces deux corps humains et l'on
accuse ouvertement les voleurs de sépultures

qui sont trop nombreux dans notre ville impériale. »

En effet Dixon, malgré la douleur qu'il éprouvait, malgré le respect qu'il aurait dû avoir pour la mort, lui qui venant d'être si cruellement frappé par elle dans sa famille, n'avait pas oublié la promesse qu'il avait faite au docteur Quaquenbush. C'est lui qui avait fourni le cercueil à la famille Robertson et c'est lui qui, suivi de deux nègres qui l'aidaient quelquefois dans sa tâche funèbre, à Greenwood aussi bien qu'à Potter's field, avait volé le cadavre de miss Louisa Robertson.

Voilà comment les faits s'étaient passés et c'est de l'un des moricauds, arrêté quelques jours plus tard par la police pour un vol commis à Staten-Island que l'on apprit les détails de cette aventure, aussi bien que ceux de l'enlèvement du corps de mis Clara Dixon, opéré à deux heures d'intervalle de celui de la fille des Robertson.

— Nous étions partis, dit le nègre au juge

qui l'interrogeait, par une nuit noire, et Dixon, Jack et moi, nous avions sauté par dessus le mur du cimetière, hors de Broocklyn. Dixon savait que la femme du gardien Marvin était malade et il avait deviné que celui-ci manquait sa garde. En effet rien ne vint nous déranger et nous arrivâmes sans encombre devant la tombe récemment fermée de miss Robertson. Dixon, qui connaissait les moyens de s'introduire dans le caveau, prit un trousseau de fausses clefs dans sa poche, en essaya quelques-unes et finit par trouver la bonne. Une fois dans la chapelle, à l'aide d'un levier, nous descellâmes la pierre tombale, puis Jack descendit dans le caveau, enroula une corde autour du cercueil de miss Robertson et nous le soulevâmes hors de l'enceinte. La pauvre créature nous apparut — quand le couvercle du cercueil fut dévissé — belle comme elle l'était quand elle se promenait de son vivant dans les rues de New-York. Mais, hélas ! elle était froide comme du marbre, morte et bien

morte! Dixon, Jack et moi, après l'avoir dé-
pouillée de ses vêtements funèbres, sauf de sa
chemise, nous fîmes glisser le corps dans un
sac de toile et laissant là la chapelle ouverte, le
cercueil vide, nous nous enfuîmes le plus vite
possible pour sortir du cimetière et pour gagner un coin de la baie où nous attendait une
embarcation destinée à éviter les gardes des
ferry boats et les hommes de la douane. En
effet, notre bateau de pêche ne pouvait pas
faire naître de soupçons sur le genre de travail
que nous opérions.

« Dès que nous eûmes placé notre funèbre
butin en lieu sûr, Dixon me dit :

« — Tu feras bien de retourner à New-York
par le *ferry boat* : notre canot ne peut pas
porter plus de trois personnes ; il pourrait
s'enfoncer dans l'eau. »

« J'obéis à cette injonction et je vis mon ca-
marade et le *sexton* s'éloigner et disparaître
dans la brume, emportant le cadavre acheté par
le docteur.

« Au moment où je me retournais pour remonter vers Broocklyn, j'aperçus par terre quelque chose qui brillait. Je me baissai et je trouvai sous ma main le trousseau de clefs de Dixon.

« C'est alors qu'une pensée infernale me vint à l'esprit. Un docteur du haut de la ville, M. Legrand, m'avait depuis longtemps demandé un cadavre et je me dis que celui de la fille du fossoyeur ferait bien son affaire. Serais-je assez fort pour réussir tout seul ? Je l'ignorais, mais du moins j'essaierais l'entreprise.

« Je remontai donc vers le cimetière et sautai de nouveau par dessus le mur comme nous l'avions déjà fait une heure auparavant. Parvenu près du caveau des Dixon, je cherchai à ouvrir la porte, qui, à mon grand étonnement était tout contre : on avait oublié de la clore sérieusement.

« Soulever la pierre tombale, descendre dans la case de miss Dixon, arracher le couvercle du cercueil et tirer le cadavre hors de sa dernière demeure, tout cela fut l'affaire d'environ vingt minutes. Le plus difficile était à faire. Il s'agissait d'emporter le cadavre et je n'avais rien pour l'envelopper.

« En me baissant par terre, je palpai une sorte de couverture de laine que je jetai hors du trou. Cet objet, par chance, était de couleur sombre. Je trouvai également une corde; j'étais favorisé au delà de mes désirs.

« J'avais déposé le cadavre sur le rebord du caveau et je me disposais à l'empaqueter de façon à dissimuler la nature de mon fardeau, quand j'entendis pousser un soupir à mes côtés. Immédiatement je fis un bond en arrière. Ce même bruit se renouvela et je voulu savoir quelle en était la cause. Horreur! la fille de Dixon n'était pas morte : on l'avait ensevelie atteinte de catalepsie. Ma position était des plus perplexes.

« — Morris, me dit-elle enfin de sa voix la plus douce, comment se fait-il que vous soyez ici ? »

Je balbutiai ce qui me passa par la tête et elle ajouta :

« — Je vous dois la vie, mon brave garçon : aidez-moi à regagner la maison de mon père.

« — Mais vous ne pouvez pas marcher ? objectai-je.

« — J'essaierai ; nous irons doucement.

« — Couvrez-vous avec cette serpillère, » dis-je à la ressuscitée.

« C'est ce qu'elle fit, et comme elle était revêtue de sa robe, qu'elle portait des souliers, suivant l'usage américain, nous pûmes traverser les allées, et arriver vers le mur d'enceinte. Je l'aidai à traverser de l'autre côté et nous nous dirigeâmes vers la baie.

« Le hasard me fit trouver sur le rivage un pêcheur qui allait prendre la mer. Je lui proposai moyennant finances de me conduire jusqu'au *warf* de Houston-street, et il consentit à ce que je lui demandais.

« Une fois là, il aida ma compagne à sortir du batelet et nous souhaita bonne nuit comme on l'eût fait à deux flancés rentrant honnêtement chez eux.

« Miss Dixon me remercia une fois encore de tout son cœur du service que je lui avais rendu, sans me demander cependant par quel hasard je me trouvais dans le cimetière à cette heure de la nuit.

« Nous avancions péniblement, lorsque tout à coup la jeune fille chancela et tomba sur le pavé. Je crus qu'elle succombait à la fatigue, aux émotions; je lui frappai dans les mains, j'allai chercher de l'eau à une fontaine voisine pour lui rafraîchir le visage. Aucun de ces moyens ne parut réussir.

« Je me sentais très mal à l'aise. A ce moment

un cab passa dans la rue. Je hélai le cocher et le priai de m'aider à transporter chez elle une dame de mes connaissances qui venait de se trouver mal.

« Le cabman obéit. Que devais-je faire ? J'allais conduire chez le docteur Legrand le cadavre réellement cadavre de Clara Dixon.

« Ce qui fut dit fut fait. Guidé par mes ordres, le cabman s'arrêta devant la porte du praticien. Comme cela était convenu, je sonnai à la porte trois fois par trois fois. Le docteur lui-même vint m'ouvrir et, sur un mot que je lui glissai à l'oreille, joua parfaitement la comédie. Il avait enfin son sujet. »

Tel fut le récit de Morris, récit qui me fut communiqué par le juge lui-même. Il fut condamné à la fois pour vol et pour violation de sépulture par la *Court of Session* de New-York et fut envoyé à Sing-Sing, les galères du fleuve Hudson.

Dixon le père continue toujours son commerce.

Limoges. — Imprimerie de Charles Barbou.

www.ingramcontent.com/pod-product-compliance
Lightning Source LLC
Chambersburg PA
CBHW060835250626
47162CB00005B/2072